JEN PETRO-ROY

P.-S. : tu me manques

Traduit de l'anglais (États-Unis)
par Maud Ortalda

POCKET JEUNESSE
PKJ·

Titre original :
P.S. : I Miss You

Loi n° 49 956 du 16 juillet 1949 sur les publication destinées à la jeunesse : septembre 2019

ISBN 978-2-266-27545-3

Dépôt légal : septembre 2019

Pour Brian.
Ça en valait la peine.

P.-S. : tu me manques

L'auteur

Jen Petro-Roy est bibliothécaire spécialisée pour les ados. Passionnée de lecture, elle vit avec son mari et ses deux filles dans le Massachusetts. *P.-S. : tu me manques* est son premier roman.

LUNDI 18 JUIN

Chère Cilla,

Tu es partie depuis vingt-quatre heures. (D'accord, vingt-trois et demie.) Mais ça semble une éternité.

C'est déjà arrivé que tu ne sois pas là. Quand tu étais à des soirées pyjamas chez tes copines. Ou à ton week-end avec le club de théâtre, au printemps dernier. Même à ta colo avec la paroisse, quand tu étais au collège. J'avais sept ans, je me souviens que j'allais à la boîte aux lettres tous les jours au cas où tu m'aurais envoyé quelque chose. Mais je n'avais reçu de ta part qu'une seule carte un peu nulle. Ce n'était même pas la photo de ton camp de vacances, seulement un coucher de soleil ringard avec le nom de la région, en grosses lettres roses.

Le dos était tout aussi minable. Moi, je rêvais de savoir si tu t'étais fait de nouveaux copains, les nouvelles chansons que tu avais apprises, et qui ronflait la nuit. Au lieu de ça, j'ai reçu trois mots griffonnés en vitesse et une tache de confiture.

Chère Evie,
La colo c'est super. Les repas sont dégueu. Sauf les chamallows grillés. J'adore, c'est délicieux !

Bisou,
Ta sœur,
Cilla

Tu avais fait un cœur sur le *i*. Tu le faisais toujours au collège, tu trouvais ça super cool. Moi aussi.

J'ai toujours cette carte postale dans ma boîte à souvenirs au fond du placard. Elle est sur la couronne de fleurs en tissu que j'ai portée à ma première communion, la croix en pendentif que Mamie m'a laissée dans son testament (qui est trop précieuse pour être portée, d'après Maman et Papa), et le ruban bleu du festival des Sciences de l'an dernier où Maggie et moi avons remporté le premier prix.

J'ai gardé ta carte même si ce n'était que quatre phrases banales, parce que ça voulait dire que tu pensais à moi, au moins un tout petit peu. C'est parce que je pense à toi que je t'écris à mon tour. Mais je vais t'écrire des lettres ; c'est bien mieux que les cartes postales. (Même s'il n'y a pas de photos.)

De vraies lettres. Sur du papier à lettres.

(Bon d'accord, l'autre raison pour laquelle j'écris sur papier c'est que Maman dit que Tante Maureen n'a pas de portable ni d'accès à Internet dans sa ferme. Si elle ne vivait pas comme au temps jadis, je t'enverrais sûrement des mails. Ce serait quand même mieux que tu puisses recevoir ça tout de suite et que je n'aie pas à attendre ta réponse une semaine entière.)

Au moins je me sers enfin du papier à lettres que Tante Megan m'a offert l'an dernier. Même si je ne suis pas très fan des fleurs roses et jaunes.

Certaines de mes lettres seront courtes, d'autres longues. J'en enverrai souvent pour que tu saches tout ce qui se passe pendant ton absence.

Tu dois te sentir seule, là-bas.

Je peux peut-être te tenir compagnie.

Réponds-moi vite.

Bisou,
Evie

P.-S. : tu me manques.

JEUDI 21 JUIN

Chère Cilla,

Je suis allée à la boîte aux lettres ces deux derniers jours, mais toujours pas de lettre de ta part. Je ne suis pas surprise. La Virginie, c'est plutôt loin du Massachusetts. Je me demande si le facteur (ou la factrice !) arrivera à trouver la ferme de Tante Maureen, en fait. Tu te souviens, il y a deux ans, quand nous nous y sommes arrêtés en allant à Disney World en Floride ? Le GPS de Papa était tombé en panne et il avait raté la sortie d'autoroute. On avait dû acheter une vraie carte routière dans une station-service pour retrouver le chemin.

Pendant que Papa lisait la carte et que Maman plaisantait sur son « sens de l'orientation défaillant », on avait déjeuné sur le parking de cette station horrible, à une table de pique-nique toute collante de jus de raisin. Ou collante d'autre chose, mais je préfère ne pas trop y penser. Tu mangeais ces biscuits bizarres avec du fromage orange à étaler dessus, et moi un bâtonnet de viande séchée, parce que tu m'avais mise au défi de goûter ce truc. C'était tellement salé que j'avais dû boire *deux* bouteilles d'eau pour me débarrasser du goût. J'avais même réussi à convaincre Maman de m'acheter un paquet de M&M's !

On était enfin arrivés chez Tante Maureen une heure plus tard, après avoir emprunté une centaine de petites routes poussiéreuses et être passés devant un milliard de vaches. Plus quelques cochons. Mais à la ferme, il n'y avait ni vaches ni cochons. Pas même une poule. Ça ne ressemblait pas du tout à une ferme. D'accord, elle avait une vieille grange rouge typique et une étable, mais tout était vide. Aucun animal, seulement la vieille Tante Maureen (*grand*-tante Maureen, en fait), son vieux chien Buster et sa vieille maison remplie de pelotes de laine et d'aiguilles à tricoter (qui étaient sûrement vieilles, elles aussi).

Maman nous avait raconté après coup que c'était bien une ferme jusqu'à la mort de notre grand-oncle Elliot. Puis Maureen avait vendu les animaux et s'était isolée petit à petit. Chez elle, ça sentait la vieille dame, la purée de flageolets et les toasts aux raisins secs.

Et maintenant tu dois rester là-bas jusqu'à septembre. Trois mois avec la vieille dame, les flageolets et les toasts aux raisins secs. Et le tricot, aussi. Beaucoup, beaucoup de tricot.

Sans Internet. Moi, je ne pourrais pas.

Mais Maman et Papa s'en fichent. Ils trouvent sûrement que c'est « une punition appropriée » pour ce que tu as fait. C'est vrai que c'était assez mal. Enfin, je crois. Pour être franche, je ne sais plus trop si ce que tu as fait est mal ou non. Je n'aime pas te voir comme quelqu'un de mauvais. Tu es ma sœur.

Tu es Cilla, qui me fait des tresses tous les vendredis avant d'aller au collège.

Cilla, qui se fichait que je fasse la grimace quand elle m'a parlé de son premier baiser avec Alex.

Cilla, qui me pique tous les éclats de caramel et de chocolat et ne me laisse que la glace vanille sans intérêt.

Même si tu as fait quelque chose de mal, ça ne veut pas dire que je ne peux plus t'écrire.

Même si Maman et Papa ne t'écrivent pas, eux.

Bisou,
Evie

P.-S. : tu me manques.

MARDI 26 JUIN

Chère Cilla,

Je ne suis pas habituée à écrire des lettres. À part les mots de remerciements que Maman me force toujours à faire pour Papi et Mamie après les anniversaires et Noël. Tu te rappelles l'année où tu as refusé d'écrire les remerciements parce que tu trouvais que tu avais assez remercié les gens en personne ? J'ai cru que Papa allait balancer ton clavier tout neuf à travers la chambre. Au lieu de ça, il t'a fait un sermon sur le respect des personnes âgées et j'ai eu le droit de jouer avec ton clavier jusqu'à ce que ta punition soit levée. C'était génial.

Est-ce que tu reçois mes lettres ? C'est la troisième que j'écris et tu n'as toujours pas répondu. Est-ce que tu m'ignores ? Est-ce que mes courriers se perdent ? Ça arrive. Il y a peut-être quelque chose qui cloche avec la boîte à lettres à côté du collège. Peut-être que les enveloppes se coincent dans un endroit où le facteur ne peut pas les atteindre. Il y a peut-être un voleur de lettres qui rôde !

Ou pas.

Peut-être que tu t'en fiches, tout simplement. Tu es tellement contente d'avoir quitté la maison, que ta petite sœur pénible ne compte plus.

Je comprends pourquoi tu as accepté d'aller vivre chez Maureen. Maman et Papa étaient très embarrassés, et toi aussi. Tu ne voulais pas qu'on voie ton ventre. Mais je ne comprends toujours pas pourquoi tu es d'accord pour changer de lycée *après* avoir eu le bébé. (Surtout un *pensionnat* catholique pour filles. C'est le pire endroit pour fuir, non ?)

Tu n'es pas obligée d'être loin quand tu auras eu le bébé. La situation peut revenir à la normale. Ça peut même redevenir normal avec Alex.

C'est aussi pour ça que je vais continuer à t'écrire. Je veux te convaincre de rentrer à la maison. Je veux te montrer que tout ira bien et que tu n'auras plus à avoir honte.

Je veux te dire que je t'aime. Et que, même s'ils ne le montrent pas, Papa et Maman t'aiment aussi.

Bisou,
Evie

P.-S : tu me manques.

JEUDI 28 JUIN

Chère Cilla,

Aujourd'hui la piscine municipale était fermée. Une histoire de chlore. Quand on est arrivées avec Katie et Maggie à 9 heures, l'eau était toute verte. Pas un vert naturel comme l'herbe, par exemple. Vert soda fluo avec une touche de jaune. Si tu veux mon avis, des petits avaient sûrement fait pipi dedans.

Donc même sans le gros panneau FERMÉ sur la porte, on n'y aurait pas mis un orteil. (Surtout Katie qui avait peint ses ongles de pieds en violet pailleté. Elle était fière, c'était ridicule, elle n'a pas décollé les yeux de ses orteils en marchant jusqu'à la piscine. Elle a même failli se prendre un panneau STOP. Maggie et moi, on a rigolé tellement fort qu'on a failli se prendre le poteau aussi.)

Alors on a décidé d'aller au parc à la place. Ça faisait des années. Tu te souviens, Papa et Maman nous y emmenaient après la messe quand il faisait beau. D'abord la messe, puis on allait au café dans le prieuré. Et lorsqu'on avait été très sages (en gros si tu n'avais pas chanté à tue-tête et si je n'avais pas râlé en me plaignant que j'étais affamée pendant toute la messe), ils nous laissaient aller au parc après.

Tu apportais ta raquette de tennis pour jouer avec Papa (avant qu'il réussisse à te convaincre de changer pour le frisbee). Moi, j'allais sur l'aire de jeux avec Maman qui me surveillait, assise sur un banc.

Et quand tu en avais marre de Papa, on faisait du toboggan côte à côte. C'était toujours toi qui arrivais en bas en premier.

Tu as toujours tout fait en premier.

Maman et Papa ne nous emmenaient jamais au parc les jours de canicule. Comme aujourd'hui. Il faisait déjà 32 degrés au petit déjeuner. Selon le monsieur de la météo, on pouvait faire cuire un œuf à même le trottoir. D'accord, c'est peut-être possible, mais franchement, qui aurait envie de manger cet œuf ? « Miam, j'adore les omelettes de graviers ! »

J'aurais préféré la piscine, mais on a quand même étalé notre couverture à l'ombre. Katie a couru chez elle (elle est revenue en sueur) pour aller en chercher une. Elle a aussi rapporté une glacière avec de l'eau, de la pastèque, du brownie et des bonbons qui ont fondu en cinq secondes. Puis Katie et Maggie se sont mises en maillot de bain et ont parlé de Joey Witter, qui jouait au ballon avec Vivek Patel, à l'autre bout du parc.

Elles ont décidé qu'on était amoureuses de Joey et j'ai fait semblant d'être d'accord, même s'il n'est jamais sympa avec moi. Il a passé l'année dernière à se moquer de moi, tout ça parce que j'avais zéro faute en dictée. Je sais que, selon toi, ça veut dire qu'il m'aime bien, mais tu te trompes. Je crois qu'il est méchant, c'est tout. Il adresse plus souvent la parole aux dames de la cantine qu'à moi.

Admirer Joey était vraiment pénible. En plus il faisait trop chaud. J'avais envie d'aller sur l'aire de jeux. En plein soleil il y avait des tas d'enfants qui s'y amusaient. Je serais bien montée sur la balançoire même s'il faisait tellement chaud que ça devait brûler les fesses. Je n'ai rien dit à Maggie et Katie parce qu'on est en cinquième maintenant. (Bon d'accord, *presque* en cinquième.) On est trop grandes pour l'aire de jeux.

En plus il y avait déjà une fille sur la balançoire... une fille de notre âge ! Elle était noire avec des cheveux noirs et bouclés, retenus en arrière par un bandeau vert vif. Elle se balançait doucement, une main agrippée à la chaîne, un livre dans l'autre.

Puis Maggie m'a tapoté l'épaule pour me demander ce que je faisais le 4 Juillet, la semaine prochaine, pour la fête nationale. Je n'ai pas bien entendu parce que j'étais occupée à essayer de voir ce que la fille lisait. Mais comme la balançoire était à l'autre bout du parc, c'était impossible.

Maggie m'a tapé l'épaule encore une fois, et Katie s'est mise à me chatouiller. Forcément ça a fini en bataille de guilis comme quand on avait six ans.

Quand j'ai relevé les yeux, la fille de la balançoire était partie.

Je ne sais pas pourquoi je pense à ça. Peut-être parce que ça m'a rappelé quand on jouait toutes les deux, avant que tout change. J'aimerais bien revenir à cette époque.

Peut-être parce que j'étais un peu jalouse de cette fille qui avait l'air de n'avoir aucun souci.

Je parie que sa sœur à elle n'a jamais été chassée de la maison.

Bisou,
Evie

P.-S : tu me manques.

SAMEDI 30 JUIN

Chère Cilla,

D'accord, je sais que Papa et Maman ne t'ont pas ouvertement chassée. Ils ne sont pas cruels. Ils ne nous battent pas, ne nous tapent pas les doigts avec une règle et ne nous lavent pas la bouche avec du savon, ni rien de tout ce qu'on peut lire dans les vieux livres.

Ils n'ont pas fait ta valise. Tu l'as faite toute seule et je t'ai regardée la faire. D'abord les joggings. Puis les tee-shirts. Sous-vêtements, chaussettes, soutiens-gorge. Quelques vêtements normaux. Mais surtout des vêtements de maternité que tu as achetés d'occasion. Ta chambre se vidait à mesure que tu remplissais ton sac.

Moi aussi je me vidais.

Mais même s'ils n'ont pas fait ta valise, ils t'ont amenée au point où tu as *voulu* faire ta valise. Ils ont fait en sorte que tu te sentes assez mal pour avoir envie de partir.

Quand j'ai découvert que tu étais enceinte, tu étais différente. Tu avais l'air heureuse. Angoissée et paniquée aussi. Mais tu n'arrêtais pas de répéter que tu aimais Alex, que tu voulais que ça marche.

J'étais chez Katie, après les cours, quand je l'ai découvert. On avait fini nos devoirs ; on regardait la télé. Mme Foley m'a proposé de rester dîner. M. Foley et Ben étaient au base-ball et il y avait un énorme fait-tout rempli de bouillon de poulet sur la cuisinière.

— Cette famille refuse de manger les restes, a dit Mme Foley en me poussant vers le téléphone. Ça va être gâché si tu ne dînes pas avec nous.

Ça sentait super bon, alors j'ai appelé à la maison. Personne n'a répondu, pourtant je savais que tu étais malade ce jour-là. Je me souvenais que tu avais essayé de convaincre Maman de te laisser aller au lycée quand même parce que tu avais une répétition pour la comédie musicale, mais elle avait refusé après t'avoir vue vomir.

En y réfléchissant, je ne sais pas pourquoi je ne l'ai pas compris plus tôt. Tu vomissais presque tous les matins, et même si tu fermais toujours la porte et que tu mettais la ventilation en route, c'était difficile de passer à côté. Le vomi, ça pue. Mais je n'ai jamais pensé que tu pouvais être enceinte. J'ai cru que tu avais un genre de gastro. Pourquoi tu aurais été enceinte ? Ça ne devait pas arriver avant des années.

(Bref, tu étais bien enceinte. Je l'ai découvert en débarquant en pleine dispute. La première d'une longue série.)

J'ai rappelé. Toujours pas de réponse. Finalement, je suis rentrée à la maison avec un Tupperware rempli de soupe pour nous deux. Je ne sais pas ce qui est arrivé à cette soupe. Je l'ai posée quelque part au milieu des hurlements et je l'ai oubliée.

J'avais dit à Mme Foley que ça ne dérangeait pas Maman que je rentre toute seule. Il faisait encore jour et j'apercevais l'entrée de la maison derrière les arbres. J'ai entendu les cris en me rapprochant. Les fenêtres étaient ouvertes.

— Je ne t'ai pas élevée comme ça !

C'était la voix de Papa, grave et râpeuse.

— Tu te rends compte du scandale ? criait Maman d'une voix suraiguë. Tu te rends compte que ça va changer toute ta vie ?

Je ne savais pas de quoi ils parlaient mais je n'avais pas du tout envie de rentrer pour le découvrir. Je suis restée devant la porte. Il s'est mis à pleuvoir. Je me sentais tellement mal pour toi, d'autant que tu avais passé toute la matinée à vomir.

— Je l'aime.

Ça, c'était toi. Tu te souviens d'avoir dit ça ? Ça te donnait l'air si adulte. Tu aimais quelqu'un. Toi, Priscilla Anne Morgan, tu aimais quelqu'un. Ça te donnait l'air d'avoir plus de seize ans et moi, j'avais l'impression d'en avoir moins de onze.

— Non, tu ne l'aimes pas. Tu as seize ans.

Il pleuvait de plus en plus fort. Je ne voyais pas Papa mais je l'imaginais les yeux exorbités et le visage tout rouge.

Je ne comprenais rien. Papa et Maman adoraient Alex. Papa et Maman t'adoraient.

Puis le téléphone a sonné.

— Jennifer ? Ah ? Evelyn est partie ? Non, elle n'est pas encore rentrée.

J'avais oublié comme Mme Foley peut s'inquiéter de tout. Je n'avais pas assez de temps pour me cacher. Je ne crois pas que plonger sous la chaise longue aurait été d'une grande aide. Maman s'est retournée et, immédiatement, elle m'a vue par la fenêtre.

— Je n'ai rien dit, la voilà. Merci d'avoir appelé.

Elle a ouvert la porte et a planté ses doigts dans mon bras pour me tirer à l'intérieur.

— Qu'est-ce qui se passe ?

Je vous ai regardés tour à tour. Personne ne disait rien. J'ai eu l'impression que j'allais vomir à mon tour. Il se passait quelque chose de grave. Je n'avais jamais vu les parents dans cet état de colère.

— Apparemment, a annoncé Maman avec un air de dégoût, Priscilla aime Alex.

À sa façon de le dire, on aurait cru que c'était mal et qu'en plus, c'était un scoop. Pas pour moi. Je savais bien que tu aimais Alex. Tu me le répétais depuis des mois. Et moi j'adorais Alex. J'adorais qu'il te rende aussi heureuse. Tu as insisté :

— C'est vrai.

— Et c'est quoi, le problème ? ai-je demandé.

— Alex est le père de son bébé, a dit Maman en désignant ton ventre.

Papa s'est effondré sur le canapé.

Je n'ai pas su quoi dire. Tu n'avais pas un gros ventre, comme les femmes enceintes à la télé ou celles qu'on croise au centre commercial. Tu ne portais pas de tee-shirt extra-large ni de jogging XXL. Mais tu étais si pâle que j'ai su que Maman disait vrai.

Même si ce n'était pas logique. Tu n'es pas le genre de filles qui tombent enceintes. Celles qui... tu sais.

Tu n'arrêtais pas de répéter que tu n'avais rien fait de mal. Que tout allait bien se passer.

Qu'Alex et toi, vous vouliez vous marier.

(C'est là que Papa est carrément devenu violet, comme les aubergines du jardin.)

Ensuite tu as répété des trucs comme ça pendant quelques semaines, jusqu'à cette grosse dispute avec Alex.

Jusqu'à ce que Papa et Maman t'aient à l'usure.

Et puis tout à coup, ça ne te dérangeait plus d'aller passer l'été chez Tante Maureen.

Ça ne te dérangeait plus de changer de lycée à la rentrée.

Ça ne te dérangeait plus de partir sans dire au revoir.

Bisou,
Evie

P.-S. : malgré tout, tu me manques vraiment. Et moi, je n'ai pas honte de toi.

DIMANCHE 1er JUILLET

Chère Cilla,

Papa et Maman me forcent encore à aller à l'église alors que je suis fâchée contre Dieu.

Moi, je n'ai pas envie de passer du temps avec Dieu. Je veux passer du temps avec toi.

Tu es ma sœur. Dieu, c'est juste un grand type dans le ciel qui a laissé Maman et Papa te chasser de la maison. C'est à cause de lui qu'ils ont honte de toi.

Le père O'Malley dit toujours que tout ce qui arrive fait partie du projet de Dieu, et qu'Il nous donnera la force de surmonter tous les obstacles si nous nous tournons vers Lui, mais cette fois-ci, moi je trouve que le projet de Dieu craint.

Bisou,
Evie

P.-S. : tu me manques.

MERCREDI 4 JUILLET

Chère Cilla,

Ce matin il y avait la parade de la fête nationale. Avec Maggie et Katie, on y est allées tôt pour avoir de bonnes places au bord de la route. Ça ne servait pas à grand-chose puisque les gens avaient déjà installé leurs sièges depuis une semaine. Tu trouvais toujours ça drôle que tout le monde sorte ses chaises longues en avance et que personne ne les attache.

Il y a un océan de chaises pliables et de transats depuis le Dunkin' Donuts qui est au rond-point, jusqu'au Dunkin' Donuts en centre-ville, où se termine la parade.

Personne ne vole jamais ces chaises. On ne voit jamais d'articles dans les journaux qui parleraient d'un voleur de chaises longues dans le journal local. Les gens connaissent les règles. Ils sont honnêtes.

Je sais que ça t'étonne toujours, comme si tu t'attendais à ce que les chaises disparaissent dans la nuit, volées par un audacieux bandit.

Moi, je n'ai jamais trouvé ça bizarre. Peut-être parce que je n'ai jamais songé à voler une chaise, donc je n'imagine pas quelqu'un d'autre le faire.

Toi, tu l'imagines. Tu vois toujours le monde différemment. Comme si tu vivais dans un endroit brumeux entre la vraie vie et la vie de Papa et Maman. Peut-être que c'est dans cette brume que tu t'es attiré des ennuis.

Ou peut-être étais-tu la seule à voir la tempête qui s'annonçait.

Bisou,
Evie

P.-S. : tu me manques.

JEUDI 5 JUILLET

Chère Cilla,

Hier j'ai complètement oublié de te parler de la parade. Je me suis mise à penser à la brume et à toi, et ça m'a rendue triste. La parade était chouette. Enfin, c'était pareil que d'habitude. Les enfants ont hurlé à l'arrivée des camions de pompiers et des voitures de police, puis ils ont envahi la rue quand le clown bizarre est apparu sur son petit vélo pour jeter des bonbons. Il y avait aussi Spiderman et Hermione.

Le petit frère de Katie essayait de cacher son excitation, mais il était survolté. Il a une couette Spiderman, du papier peint Spiderman et il s'est déguisé en Spiderman pour Halloween l'an dernier. Moi j'ai préféré Hermione, même si la personne qui portait le costume avait l'air d'avoir au moins trente ans.

Il s'est mis à pleuvioter à un moment, mais ça ne nous a pas empêchés d'aller à la kermesse du centre-ville. Il y avait tous les gens du collège sauf Miri Doherty qui va toujours passer les grandes vacances au cap Cod. Elle n'arrête pas de parler de sa superbe maison là-bas.

« Elle est presque sur l'eau. »

C'est ce qu'elle dit tout le temps avec son méchant sourire, comme si elle était mieux que tout le monde. Alors que c'est pas vrai.

« On suit un petit chemin et on arrive tout de suite à la plage. Il y a cinq chambres et moi j'ai la plus grande. »

Maman et Papa disent que les choses matérielles comme ça n'ont pas d'importance, mais je ne suis pas d'accord. Ce serait cool d'avoir une maison à la plage. Peut-être qu'ils te laisseraient habiter là-bas au lieu de Pétaouchnok en Virginie. Je pourrais venir te voir.

Mais à part Miri, il y avait tout le monde. Joey et Vivek sont venus directement après leur match de base-ball avec leurs maillots bordeaux et blanc. Joey m'a proposé de la barbe à papa, mais j'ai refusé. Tu as beau aimer ça, c'est dégueu la barbe à papa. (Et tu n'es pas là, donc tu ne peux pas répondre. Ha !)

C'est Mlle Simon, du collège, qui était à l'attraction où on doit la faire tomber dans l'eau en visant la cible. Bon, ça ne servait à rien parce qu'elle était déjà trempée à cause de la pluie. Avec Katie et Maggie on a acheté quelques tickets. Je crois qu'elles voulaient se venger de toutes les dictées que Mlle Simon nous a fait faire l'an dernier. Mais elles n'ont pas réussi à la faire tomber. Joey non plus.

Vivek oui, mais une seule fois sur trois essais.

Mlle Simon est jeune et sympa. Elle faisait des grimaces pour énerver les garçons. Ils ont dit qu'ils faisaient exprès de la rater, mais personne n'y a cru. Joey était au bord de la crise de nerfs.

Les garçons ont commencé à dire que le jeu était truqué, mais soudain on a entendu un « plouf » ! Puis Mlle Simon est sortie de l'eau.

Elle a dit :

— Bien joué ! Du premier coup !

Tout le monde a applaudi la personne qui avait lancé la balle. Et c'était la fille que j'ai vue à l'aire de jeux l'autre jour ! Tu sais, celle qui lisait sur la balançoire. Elle n'avait pas son livre hier, mais elle regardait par terre alors que tous la félicitaient.

J'ai attendu qu'elle lève la tête. Elle avait quelques mèches de cheveux teintes en rose, ça m'a surprise et en même temps j'ai été jalouse ! Je ne connais personne qui se teint les cheveux.

(Sauf Maman qui teint ses cheveux blancs. Je parie que toutes ses amies le font aussi.)

En tout cas je ne connais personne de mon âge. Je me demande si le père O'Malley la laisserait entrer à l'église avec ça.

Même les cheveux teints, elle était jolie. Elle portait une jupe vert vif et un débardeur canon à pois roses et verts. Et des baskets à pois aussi !

Je veux des baskets à pois.

Joey et Vivek n'ont pas arrêté de dire que c'était « la chance du débutant » et qu'elle avait triché, alors la fille est partie. Je ne lui en veux pas. Joey n'est vraiment pas sympa des fois. (C'est pour ça que je ne l'aime pas trop.)

Ensuite je lui ai couru après. J'ai trébuché sur le trottoir ; du coup je me suis rattrapée à son bras. Je lui ai fait perdre l'équilibre et on a failli se tomber dessus sur le trottoir mouillé jonché de miettes de chips et de sauce de hot dog. Elle m'a lancé un regard noir. Je devais avoir l'air terrifiée parce que finalement elle m'a souri. Et puis elle a fait mine de tomber encore une fois.

J'ai souri aussi. J'ai eu l'impression que j'étais au bord d'une falaise et qu'on m'avait rattrapée. La falaise, ici, c'était devenir l'ennemie jurée de cette fille.

Quelque chose comme ça.

Bref, elle a encore souri. Elle avait des bagues aux dents avec des élastiques roses, du même rose que ses cheveux. C'est la première fois que je vois quelqu'un qui a l'air cool avec des bagues. Et puis elle s'est retournée et elle est partie. Je ne l'ai pas revue de la journée, alors qu'on est restées à la kermesse tout l'après-midi. Je me demande si elle est nouvelle. La dernière fois qu'il y a eu une nouvelle à l'école, c'était il y a deux ans : Zoe Holt est ensuite devenue la meilleure copine de Miri.

Après le déjeuner, j'ai gagné le lancer d'anneaux trois fois de suite, mais le forain ne m'a donné qu'un seul prix. Ce n'est pas juste, ce n'est pas ce qui est écrit sur le panneau. J'ai eu une peluche quand même. C'est un koala, ton animal préféré.

Je l'ai posé sur ton lit à côté de Câlin le Koala. Tu pourras dormir avec les deux en rentrant, même si je suis sûre que tu ne dors plus avec des peluches. Moi, j'aime bien penser qu'ils t'attendent tous les deux.

Parce que je sais que tu vas revenir. Même si Papa et Maman disent que tu vas aller directement au pensionnat après la naissance du bébé. Même si c'était ton idée d'y aller, je sais que tu vas changer d'avis. Tu vas te rendre compte que ta place est ici.

C'est sûr.

Bisou,
Evie

P.-S. : parce que tu me manques.

LUNDI 16 JUILLET

Chère Cilla,

Ça fait presque un mois que tu es partie et tu n'as toujours pas répondu à mes lettres. Est-ce que tu m'en veux ? Tu penses que j'aurais dû essayer de convaincre Papa et Maman que tu devais garder le bébé ?

(Quand tu voulais encore garder le bébé, je veux dire.)

Je suis désolée si je t'ai déçue. J'étais tellement surprise. Je n'y comprenais rien et j'avais peur aussi. Je ne savais pas quoi te dire. Tu étais Cilla, et tout d'un coup tu étais aussi une autre personne. Une personne qui avait fait des choses que je pouvais à peine imaginer.

Et puis vous hurliez tout le temps. Je passais un week-end sur deux dans ma chambre, et même avec mes écouteurs dans les oreilles, j'entendais encore les cris de Maman et Papa.

Toi, tu passais les autres week-ends dans ta chambre. (Et les soirs de semaine avec Alex.)

Tu crois que je n'en ai rien su, mais je ne suis pas bête. Je ne suis pas une gamine non plus. J'ai bien vu sa voiture garée au bout de la rue. Je t'entendais à travers le mur lui parler au téléphone.

C'est aussi pour ça que je ne t'ai pas défendue. J'étais en colère contre toi. J'étais en colère que tu m'ignores pour *lui*. Que tu te disputes tellement avec les parents qu'ils ont fini par se transformer en d'autres personnes.

Ils se sont mis à me crier dessus aussi. Pour n'importe quoi, comme oublier de vider le lave-vaisselle, ou ne pas m'essuyer les pieds sur le paillasson. Ils me traitaient comme si c'était moi qui étais tombée enceinte au lycée. Comme si mettre un peu de terre sur le sol était pareil que faire... Enfin tu sais, quoi.

Voilà pourquoi je n'ai pas pris ton parti. Quand tu disais que tu pouvais devenir comédienne à Broadway et avoir ton bébé. Quand tu hurlais en parlant d'amour et que tu te fichais de ce qu'on pouvait penser de toi. À cette époque, moi, ça m'importait, ce que les gens pensaient. Tu étais en train de détruire *ma* vie.

Je sais que je ne peux pas changer ce que j'ai fait, mais je veux que tu saches que je suis désolée. Tellement désolée. Je n'arrête pas de t'imaginer chez Tante Maureen, en train de tricoter un pull en mangeant des flageolets qui puent. Au lieu de vivre ta vie ici.

C'est pour ça que tu dois rentrer. Il faut qu'on parle de ton retour après la naissance. De ta vie qui est toujours ici. Tu n'as pas besoin d'aller dans une école catholique. Tu n'as pas à avoir honte.

D'accord ?

Bisou,
Evie

P.-S. : tu me manques.

VENDREDI 20 JUILLET

Chère Cilla,

Tu m'as réveillée la nuit où tout a changé. J'avais passé la nuit précédente chez Maggie donc j'avais dû dormir à peine trois heures, et j'étais allée me coucher tôt ce soir-là. Il devait être 22 heures quand j'ai entendu les cris, mais j'avais l'impression qu'on était en plein milieu de la nuit. Il faisait noir, il y avait des nuages et pas d'étoiles dans le ciel.

Je me souviens encore qu'il n'y avait pas d'étoiles. Aucune lumière, aucun éclat, aucun scintillement.

J'ai d'abord entendu Papa avec sa grosse voix de quand il est très, très fâché. Comme la fois où Hunter McCoy a roulé sur notre pelouse avec sa camionnette une semaine après avoir eu son permis. Ou quand j'ai lancé la balle de base-ball à travers la fenêtre et que j'ai cassé la télé.

Papa s'énerve quand les choses se cassent. Peut-être que pour lui, tu as cassé quelque chose. Notre famille. L'image qu'il avait de toi. Ton avenir.

J'ai su pourquoi il hurlait dès que je l'ai entendu. C'était toujours pareil, vous vous criiez dessus depuis des mois. Il te disait que tu n'avais pas à te plaindre de tes nausées parce que tomber enceinte était « ton choix ». Maman criait parce que tu n'allais jamais pouvoir obtenir un bon emploi si ça venait à se savoir. Toi tu pleurais parce que tu aimais toujours Alex, et qu'ils l'avaient forcé à rompre avec toi.

Donc quand Papa a dit que tu leur faisais honte, j'ai pensé que c'était encore la même rengaine. Ça allait durer quinze minutes puis vous iriez chacun de votre côté. Jusqu'à la prochaine fois.

Vous n'avez jamais rien résolu. Ils hurlaient que tu ne devais dire à personne que tu étais enceinte. Tu hurlais qu'ils n'étaient pas les seuls à souffrir. Tout le monde reprochait tout à tout le monde encore, encore et encore.

C'était comme l'image du serpent qui se mord la queue. Ou l'illusion d'optique de l'escalier qui n'en finit plus de monter. Personne ne s'excusait jamais, tout le monde hurlait en continu. J'avais commencé à me dire que ça continuerait comme ça jusqu'à ce que tu accouches. On regarderait tous le bébé, complètement ébahis : « Qu'est-ce qu'on fait maintenant ? »

Mais cette nuit-là a été différente. Quand Maman (pour la milliardième fois) a dit qu'elle aurait tellement honte à l'église si ça se savait, il y a eu un énorme fracas au rez-de-chaussée. Je ne sais pas si tu as jeté ou renversé quelque chose par terre. En tout cas tu as dit :

— Si vous avez tellement honte, je n'ai qu'à m'en aller. Comme ça personne ne verra jamais mon ventre.

Moi j'étais en haut de l'escalier, contre le mur, pour me cacher et aussi pour me retenir à quelque chose. Parce que ce n'étaient pas des paroles en l'air.

Je pensais que Maman et Papa allaient dire quelque chose comme : « Oh ! ma chérie, ne dis pas des choses pareilles. On est fâchés contre toi mais ça va s'arranger. »

C'était ce que je voulais entendre.

Mais ils n'ont pas dit ça.

Maman a dit qu'elle avait honte de toi parce que tu avais fait quelque chose de honteux.

Papa a dit que c'était pour ça qu'ils n'en parlaient à personne.

Tu as dit que tu ne pouvais plus vivre dans cette maison et que tu allais partir.

Papa a dit :

— Parfait, tu n'as qu'à faire ça !

Maman a dit :

— Parfait ! J'appelle Tante Maureen. Tu iras vivre chez elle.

Je m'étais rapprochée et je regardais à travers la balustrade comme un gosse qui épie les cadeaux de Noël sous le sapin. Tu avais les yeux écarquillés, comme moi, lorsque je suis au bout du plongeoir avec plein de gens qui attendent derrière. Pas envie de sauter, mais aucun moyen de rebrousser chemin.

— Parfait, tu as dit. Je vais y aller. Et peut-être qu'après ça, je ne reviendrai pas.

Tu l'as dit tout doucement, lentement, comme si tu attendais qu'ils te coupent la parole, comme on trempe un orteil dans la mer pour tester la température.

Mais l'eau était froide. Glaciale.

— Très bien, a dit la voix tout aussi glaciale de Maman. Si tu as tellement envie de nous quitter, alors on te trouvera une école. Loin, très loin d'ici.

— Pour que tu n'aies plus à nous supporter, nous et nos principes moraux stupides, a ajouté Papa.

— Parfait.

— Parfait.

— Parfait.

Ça n'avait rien de parfait. Mais après ça, personne n'a fait machine arrière. Pourtant, plus tard, tu m'as avoué que tu aurais dû te taire ; que tu *veux* rentrer à la maison quand tu auras eu le bébé.

Je suis d'accord avec toi. C'était une erreur.

S'il te plaît, rentre à la maison.

Bisou,
Evie

P.-S. : tu me manques.

SAMEDI 21 JUILLET

Chère Cilla,

Papa et Maman veulent que je t'oublie. Ils ne prononcent jamais ton prénom. Ils ont enlevé toutes tes photos du mur. Il n'y a plus que des carrés de papier peint jaunis. Maman a recouvert l'un des carrés par une peinture hideuse qui représente un érable.

Parfois, j'ai l'impression que ces derniers mois n'étaient qu'un rêve. Ou l'intrigue d'une série que j'aurais vue tard un soir. C'est l'épisode où la sœur tombe enceinte et vomit tout le temps, ses vêtements deviennent trop petits et elle mange tout le raisin et les cookies de la maison. L'épisode où la sœur se dispute avec ses parents *tout* le temps.

On a changé de chaîne ; tout a disparu. Je me souviens encore de quelques bouts de l'intrigue, mais tout est flou.

Deux jours après l'énorme dispute, tu es partie. On avait prévu d'aller au centre commercial ce matin-là. Tu devais partir l'après-midi.

Au lieu de quoi, j'ai trouvé Papa assis seul dans la cuisine à mon réveil. Tu étais partie avec Maman avant le lever du jour. Tu ne m'as même pas dit au revoir.

Quand Maman est rentrée, je n'ai rien dit.

Eux non plus.

Personne n'a rien dit, depuis.

C'est peut-être pour ça que je continue à t'écrire. Même si ce ne sont que des mots sur une page, ce sont toujours des mots.

Ça rend le silence un peu moins oppressant.

Bisou,
Evie

P.-S. : tu me manques.

DIMANCHE 29 JUILLET

Chère Cilla,

J'ai cherché cette fille à l'église aujourd'hui. Ce n'était pas très pratique puisque Papa et Maman ne veulent jamais s'asseoir ailleurs qu'au deuxième rang et que j'ai dû passer mon temps à me retourner.

Je pensais pouvoir les convaincre de changer de place juste pour cette fois mais, rien à faire, ils sont têtus. Comme d'habitude.

Papa est enrhumé, il éternuait toutes les deux minutes, alors je leur ai dit qu'ils devraient se mettre à l'arrière, parce que Papa allait contaminer tout le monde. J'ai dit ça avec un ton super théâtral : « TOUT LE MONDE ! » (Imagine-moi la bouche grande ouverte et les yeux écarquillés.)

Ça n'a pas marché du tout. Papa s'est mouché et ils sont allés s'installer à leur place habituelle. Deuxième rang à droite, au milieu du banc, entre M. et Mme Mara et leurs triplés de la mort, et le rire d'asthmatique de M. MacKinnon. On ferait tout aussi bien d'écrire notre nom au marqueur indélébile sur le dossier.

Enfin, heureusement que non. Parce qu'il y aurait une place marquée « Cilla » vide à côté de moi, pour me rappeler que tu n'es pas là parce que tu n'as plus ta place ici.

Du moins c'est ce que pensent les parents. Je ne crois toujours pas que Dieu te chasserait de l'église parce que tu as un bébé. Donc si Lui ne le fait pas, pourquoi Maman et

Papa devraient le faire ? Quand je leur ai posé la question, ils ont répondu qu'ils ne t'avaient pas chassée, que tu avais seulement décidé de « déménager » jusqu'à la naissance, pour ne pas « attirer l'attention ».

Ce qui veut dire, en gros, qu'ils ont honte de toi.

C'est dégueulasse.

Ils me déçoivent beaucoup. C'est bizarre. J'ai l'impression d'être l'adulte, que je devais les envoyer dans leur chambre.

Tu sais ce qui m'a déçue, encore ? La fille n'était pas à l'église. Je me suis tellement retournée que Maman m'a crié dessus (enfin, elle m'a grondée tout bas) pour que j'arrête. Pendant la procession, j'ai bien observé les gens dans l'allée. C'est l'avantage d'être assise à l'avant.

Mais je ne l'ai pas vue. Elle était peut-être simplement de passage pour les vacances. Ou alors elle n'est pas catholique.

Pourtant ce serait chouette qu'elle vienne à notre église.

Bisou,
Evie

P.-S. : tu me manques.

MARDI 31 JUILLET

Chère Cilla,

Pourquoi a-t-il fallu que tu tombes enceinte ? On ne t'a pas fait le même sermon qu'à moi ? Maman m'a fait asseoir, l'an dernier, pour me parler de mon « corps ». Elle ne t'a pas dit toutes ces choses embarrassantes ? Pourquoi tu n'as pas écouté ?

Si tu n'étais pas tombée enceinte, on serait en train de regarder des films Pixar sur le canapé et Maman nous reprocherait de « gâcher notre journée » ! Ou alors on serait à la piscine et j'éviterais de te regarder embrasser Alex. Ou bien on se goinfrerait des fameux cookies au beurre de cacahuète de Maman.

À la place, tu fais je ne sais quelle corvée dans une ancienne ferme. Et moi, je cherche des filles fantômes à l'église et je m'épuise les mains à écrire toutes ces lettres.

Ta sœur,
Evie

P.-S. : je suis en colère contre toi aujourd'hui.

LUNDI 13 AOÛT

Chère Cilla,

C'est la colo de la paroisse ! Fantastique !

Tu as perçu que c'était ironique ? Ou est-ce que tu t'es vraiment imaginé que je sautais de joie sur mon lit en jetant des confettis ?

D'accord, il est possible que ça me soit déjà arrivé quand j'étais petite. Mais c'est parce que la colo de la paroisse était géniale quand on était petites. On s'asseyait en rond pour chanter des chants de messe à tue-tête, on faisait des listes de raisons pour lesquelles Jésus nous aimait et on obtenait un bonbon à chaque réponse. On faisait aussi des batailles de bombes à eau sur le parking de l'église et la queue au camion de glaces.

On s'amusait bien. Mais j'étais un bébé. Et toutes mes copines aussi. Maintenant, il n'y a plus que moi qui y vais. Je ne suis même plus une participante puisque je suis trop grande, mais Papa et Maman m'obligent quand même à y aller pour encadrer les autres.

« Assistante » monitrice. Je ne suis même pas sûre que ça existe. Je crois que c'est juste un moyen de me placer sous surveillance. Les parents sont plus que collants en ce moment. Maman me suit partout dans la maison et Papa n'arrête pas de demander avec qui je traîne.

Comme si j'allais rejoindre un gang et me mettre à jurer sous prétexte que tu es tombée enceinte.

Je leur ai dit que je n'avais pas besoin d'aller en colo, que je voulais juste voir mes copines, être une fille normale, quoi !

Tu sais ce qu'a répondu Papa ? Il a dit que je suis à un âge vulnérable et que c'est une bonne idée de passer le plus de temps possible avec des gens religieux. (Et par « gens religieux » il veut dire des adultes et des gamins de six ans aux doigts poisseux.)

Comme si leurs prières allaient m'empêcher de me transformer en toi.

Moi, je t'adore. Ça ne me dérangerait pas du tout d'être toi.

(J'ai failli raturer ça parce que c'est gênant, mais finalement j'ai décidé de le laisser. Simplement, évite d'en parler quand tu rentreras à la maison dans quelques semaines. Sinon je vais rougir comme si j'avais pris un coup de soleil.)

D'ailleurs ça sera peut-être le seul avantage de cette colo, le soleil. Je vais passer du temps dehors.

Je fais de mon mieux pour rester positive.

Bisou,
Evie

P.-S. : la colo de la paroisse serait bien mieux si tu étais avec moi.

P.P.-S. : parce que tu me manques !

SAMEDI 18 AOÛT

Chère Cilla,

Il a plu *toute* la semaine.

Je n'ai pas vu le soleil une seule fois.

On n'a pas fait de bombes à eau.

J'ai préparé à peu près cinq mille sandwichs confiture-beurre de cacahuète.

Chaque jour en quittant l'église je sentais le pop-corn.

Un gamin a renversé de la peinture verte sur mon short rose préféré et quand je lui ai crié dessus, le père O'Malley m'a dit que je ne donnais pas le bon exemple.

Papa et Maman m'ont dit que je ne serais pas assistante monitrice l'an prochain.

Zut alors.

Bisou,
Evie

P.-S. : tu me manques.

MARDI 21 AOÛT

Chère Cilla,

J'ai vu ta copine Emma ce matin. J'étais à vélo et elle se promenait avec Bruno. Je déteste Bruno. Chaque fois qu'il me voit, il aboie comme un fou en découvrant ses dents pointues. Emma dit toujours que c'est comme ça qu'il montre qu'il aime bien quelqu'un, mais je n'y crois pas. Je ne mords pas les gens pour montrer mon affection. Les chiens ne devraient pas faire ça non plus.

Emma m'a demandé de tes nouvelles. Elle a dit que tu lui manquais. Elle voulait savoir quand tu rentrerais à la maison. Elle a posé des questions sur le bébé.

J'étais bouche bée. Littéralement. Comme dans ces séries télé ringardes que tu regardes, où il y a toujours des GROSSES RÉVÉLATIONS ! Je n'ai pas pu m'en empêcher. Je ne savais pas que tu avais parlé du bébé à tes copines.

C'est vrai que Maman et Papa ne t'ont pas muselée. Ni mise en cage, avant que ça commence à se voir. Tu as continué à aller en cours, à traîner avec tes amis. Forcément, tu en as parlé avec certains. Emma m'a assuré qu'elle avait gardé le secret, donc j'imagine que tu ne l'as pas dit à beaucoup de monde.

Puis elle a demandé quand tu revenais.

Elle n'était pas au courant pour le pensionnat ! (J'aurais peut-être dû utiliser son nom chic : le lycée Saint-Augustin pour jeunes filles. Oooh la laa !) Tu ne l'as pas prévenue que tu ne reviendrais pas, seulement que tu partais pour avoir le bébé. Elle avait l'air bouleversée.

Je me suis sentie à la fois mieux et pire. Au moins, je ne suis pas la seule que tu abandonnes.

Pour autant, ça ne veut pas dire que les choses vont changer.

Tu n'es toujours pas là.

Et moi si.

Bisou,
Evie

P.-S. : tu me manques.

MERCREDI 29 AOÛT

Chère Cilla,

Les cours reprennent la semaine prochaine. J'ai M. Barrett en prof principal. Maman a dit que toi tu avais eu Mme Hazel en cinquième. Je suis contente de ne pas l'avoir. Je me suis souvenue que tu t'en plaignais tout le temps. M. Barrett est sympa, il paraît. J'espère que c'est vrai.

Tu n'as *toujours* pas répondu à mes lettres. Je t'écris depuis plus de deux mois maintenant. Voilà pourquoi ce serait plus facile par mail. Ou par téléphone (même si je sais que tu n'aimes pas trop parler au téléphone). Je pourrais t'appeler, tu décrocherais, et on se parlerait.

Contrairement à ce que Papa et Maman t'ont dit, ton avenir n'est pas détruit parce que tu es tombée enceinte.

Je pourrais t'aider à tout arranger. Ou au moins j'essaierais.

Tu dois bientôt accoucher : on n'a plus beaucoup de temps. Je suis sûre qu'il faudra remplir des papiers et se faire rembourser l'inscription à Saint-Augustin.

Beurk. *Saint-Augustin.* Ça sonne tellement « convenable ». Sur leur site, j'ai vu que tout le monde portait l'uniforme. De longues jupes à carreaux bleus et or. Et des chemises blanches, le genre que Mamie appelle des « blouses ». Et les profs portent ces espèces de pantalons que Papi appelle des « culottes ».

Les adultes sont bizarres.

Il faut qu'on te sauve du Pays des blouses et des culottes ! Qu'on te ramène au Royaume des jeans et des tee-shirts ! Écris-moi pour qu'on puisse mettre au point un plan. J'ai besoin de ma grande sœur, parce que la cinquième promet d'être super difficile.

(Bon d'accord, je deviens de plus en plus sentimentale.)

Bisou,
Evie

P.-S. : c'est vrai que tu me manques.
P.P.-S. : comment tu te sens ? J'ai cherché en ligne hier, ton bébé doit faire la taille d'une pastèque maintenant. Aïe !

MARDI 4 SEPTEMBRE

Chère Cilla,

C'était la rentrée aujourd'hui ! Je stressais trop pour ma tenue, mais Katie et Maggie ont approuvé mon choix final : mon jean préféré avec le fameux tee-shirt à pois que j'ai convaincu Maman de m'acheter quand on est allées au centre commercial la semaine dernière. Et des nouvelles baskets rouge vif, aussi. Je les adore.

Tout le monde portait de nouveaux vêtements. Katie et Maggie étaient en jupe : celle de Katie était violette avec des fleurs blanches, et celle de Maggie, bleue avec des fleurs blanches aussi. Elles voulaient que j'achète la même en orange, mais ça ne serait pas allé avec mon tee-shirt. Et je voulais *vraiment* mettre mon nouveau tee-shirt.

Miri a des chaussures neuves qui ont dû coûter des millions de dollars. Elle n'a pas arrêté de montrer la marque à tout le monde sous les semelles. (Comme si l'étiquette n'allait pas s'arracher avant la fin de la journée.) Elle est allée en Jamaïque avec sa famille et elle est incroyablement bronzée. Ce n'est pas un bronzage du *cap Cod*, tu vois, c'est un bronzage d'*île tropicale*. Elle a les cheveux blonds maintenant. Elle dit que c'est le soleil, mais je crois qu'elle s'est fait faire un balayage. Bref, elle a l'air débile. Elle dit qu'elle s'est fait faire des tresses en Jamaïque, avec des perles colorées dedans, tu sais, celles qui cliquettent quand tu bouges la tête. Il paraît que sa mère l'a obligée à les défaire pour la rentrée.

Je parie qu'elle n'avait même pas de perles dedans. Miri passe son temps à mentir sur ce genre de choses. Ça aurait été contraire au règlement vestimentaire de toute façon. Je me souviens du scandale que tu avais provoqué la fois où tu étais venue avec des bottes à talons noires, en quatrième. Tu t'étais fait coller et Maman et Papa t'avaient privée de sorties pendant deux semaines. J'avais eu l'impression que tu étais restée enfermée dans ta chambre pendant un million d'années.

Maintenant je sais que deux semaines, ce n'est rien. Au moins je te voyais aux repas. Je te voyais sourire quand je te donnais mon friand à la saucisse au dîner. Je t'entendais marcher dans ta chambre, aussi. Je posais un verre contre le mur et je t'entendais feuilleter tes magazines. Et le soir, je t'entendais ronfler. FORT. (Oui, même ça, ça me manque.)

Tu m'as manqué le plus ce matin, quand Maman a fait les pancakes à la myrtille de la rentrée. Les miens étaient en forme de 5, pour la cinquième. (Elle a fait deux 5 parce que j'étais affamée.) Pour toi, elle aurait fait un 1, pour la première. Je crois qu'elle s'en est rendu compte parce que après m'avoir servie, elle a fixé la poêle vide pendant une bonne minute. Et puis elle s'est préparé un bol de céréales.

J'ai mis une tonne de sirop d'érable sur mes pancakes, comme tu le faisais toujours. J'avais presque l'impression que tu étais là avec moi.

Presque.

Mais Miri n'était pas la plus intéressante du collège. La fille de cet été était là ! Elle s'appelle June (comme le mois de juin !) et elle est trop sympa. Jusqu'à aujourd'hui, je détestais le mois de juin. C'est le mois où tu es partie. C'est le mois où la maison est devenue tellement silencieuse que parfois j'entendais Papa se couper les ongles au bout du couloir.

Je ne savais pas trop si elle allait se souvenir de moi, mais je suis allée la voir et je lui ai dit que je m'appelais Evie. (Je ne dis jamais Evelyn quand je me présente. C'est trop démodé. Tu vas te présenter en tant que Priscilla à ton nouveau lycée ?)

En fait elle se souvenait bien de moi ! Elle m'a dit son nom et même qu'elle m'avait vue au parc (alors que j'étais tout au bout). Puis on a rigolé en parlant de la fois où on a failli tomber par terre au carnaval. Et comme M. Barrett a dit qu'on pouvait choisir nos places, je lui ai proposé de s'asseoir à côté de moi. Je l'ai aussi invitée à venir déjeuner avec Katie, Maggie et moi, mais elle n'a rien répondu. Elle doit être timide. Ou peut-être que ça fait un peu trop d'un coup.

Ou alors elle ne m'aime pas ? C'est possible, parce que je ne sais plus si tu m'aimes bien, toi aussi. Est-ce que c'est pour ça que tu ne m'écris pas ? Est-ce que tu crois que je te déteste, moi aussi ?

Bisou,
Evie

P.-S. : tu me manques vraiment.
P.P.-S. : June a les cheveux qui forment une boule autour de sa tête, comme un nuage. Ils doivent avoir la texture d'un nuage, aussi. (Je ne les ai pas touchés, bien sûr. Ce serait bizarre. Pire que de trébucher sur elle.)

JEUDI 6 SEPTEMBRE

Chère Cilla,

Bon, elle m'aime bien, c'est sûr. Quand on a dû former des binômes pour le cours d'arts plastiques, June m'a choisie, moi ! C'est peut-être parce qu'elle ne connaît personne d'autre pour le moment, mais j'ai décidé de croire que c'est parce qu'elle me trouve sympa.

La fille la plus sympa du collège. Carrément !

Bref, le prof d'arts plastiques s'appelle M. Carlon, et même s'il a l'air aussi vieux que Papa, lui, il est trop cool. Il est roux et il porte toujours une casquette de base-ball des Red Sox alors que le règlement interdit d'en porter en classe. Peut-être que le règlement ne s'applique pas aux profs ? Ou peut-être qu'il s'en fiche. Hier il y avait un match des Red Sox pendant le cours et il a allumé la radio. J'avais peur que la principale débarque et nous crie dessus. Mais elle n'est pas venue. Et les Red Sox ont gagné ! Je parie qu'Alex a sauté de joie. Il portait toujours son vieux tee-shirt froissé des Red Sox.

Aujourd'hui, M. Carlon nous a demandé de travailler sur un collage. Il a dit que c'était pour « apprendre à nous connaître les uns les autres » pendant que lui « apprenait à tous nous connaître ». Il avait apporté des tas de vieux magazines sur tous les sujets... le genre qu'il y a dans la salle d'attente du médecin, que les adultes lisent avec l'air très sérieux. Je parie que tu en as vu plein pendant toutes tes consultations.

Il les a posés sur la table au milieu de la salle et on devait en prendre quelques-uns, des ciseaux et de la colle. On avait aussi une feuille immense. Puis il nous a dit de découper les images qui nous représentaient et aussi nos objectifs pour cette année scolaire. On devait utiliser une feuille pour deux et comparer nos points communs.

Ça ne me disait rien, mais j'ai trouvé des tas de photos intéressantes finalement : une d'un feu d'artifice (comme ceux de la fête nationale). Une vieille grange (qui ressemblait *presque* à celle de Tante Maureen). Un paquet de Skittles (miam !). Une croix. Même une photo d'une étagère qui ressemble à la mienne.

Au début, je n'arrêtais pas de regarder le travail de June pour être sûre que je ne faisais pas n'importe quoi, mais je me suis vite prise au jeu. C'était comme une chasse au trésor : au lieu des lingots d'or, je me cherchais moi-même. Ou ce qui *pouvait* être moi.

Quand M. Carlon nous a dit que c'était terminé, j'ai regardé les photos de June. Elle en avait collé plus que moi, et bien disposées les unes sur les autres. Il y en avait dont on ne voyait que les bords, une éclaboussure orange vif, ou quelque chose qui devait être le sommet d'un palmier.

Elle avait un paquet de Skittles, aussi. Et une licorne (moi je n'en avais pas trouvé, mais bon, qui n'aime pas les licornes ?). On a parlé de nos Skittles préférés. (Elle : les rouges, moi : les violets. Mais uniquement parce que le goût des verts a changé. C'étaient les meilleurs au citron vert. Je ne m'en remettrai jamais.)

June m'a dit que l'amie de sa mère en Californie (c'est de là qu'elle vient) faisait une tarte aux Skittles. C'est une tarte au citron vert avec des Skittles partout sur le dessus. Logique. Puisqu'on peut mettre des pépites arc-en-ciel sur de la glace, pourquoi pas des Skittles sur une tarte ? Ou sur n'importe quoi d'autre !

Alors on a imaginé tout ce sur quoi on pourrait mettre des Skittles. Le pudding. Ou les sandwichs confiture-beurre de cacahuète. Ou le bacon ! June a suggéré les nouilles, mais j'ai fait la grimace. Et puis j'ai dit le pain de viande et elle a failli vomir. On a passé le reste du cours à essayer de trouver les pires mélanges.

Heureusement qu'on n'avait plus le temps, parce qu'on n'aurait jamais pu présenter notre collage à la classe sans piquer un fou rire.

C'est chouette d'avoir une nouvelle copine.

Bisou,
Evie

P.-S. : tu me manques.
P.P.-S. : des Skittles avec du foie. Parce que franchement, quoi qu'on mange avec, le foie, ça reste immonde.

SAMEDI 8 SEPTEMBRE

Chère Cilla,

C'est aujourd'hui que tu dois accoucher. Je l'ai marqué sur mon calendrier quand tu es partie. Pas avec un gros cercle rouge, ni rien. Même pas un autocollant. J'ai juste fait un petit point noir en bas à droite de la case, tout petit pour que Maman et Papa ne le remarquent pas. S'ils l'ont vu, ils ont sûrement pensé que j'avais fait une tache sans faire exprès.

Tu es partie il y a trois mois, mais ça me paraît beaucoup plus long. Ton ventre ne formait qu'une petite bosse ronde par-dessus ton jogging. Tu te plaignais que tes pieds étaient énormes et tes doigts gonflés, et tu vomissais beaucoup. Mais tu ressemblais toujours à Cilla. Tu pouvais le cacher avec un grand tee-shirt et un short de sport. Tu pouvais faire croire que tu vomissais à cause d'un mauvais sushi. (Ou n'importe quoi qui donne des intoxications alimentaires. À la télé, c'est souvent des sushis.)

Je me demande si tu as changé. Si ton ventre a triplé de volume, comme le cœur du Grinch dans le film. Si c'est ce qu'on voit en premier quand on te regarde. C'était tout ce que Papa et Maman voyaient. Mais moi, je voyais toujours la véritable toi. Ta bouche qui se courbe toujours plus à droite quand tu souris, comme si tu retenais un éclat de rire. Tes ongles rongés que tu jurais toujours de laisser repousser. Ta façon agaçante de faire éclater tes bulles de chewing-gum.

Je ne voyais pas ton ventre en premier, même si Papa et Maman craignaient que tout le monde le voie. Tu n'allais l'avoir que pendant neuf mois, et puis ce serait terminé. Juste un mauvais moment à passer qu'on allait tous oublier. Ça pourrait bien déjà être fini à l'heure qu'il est. Ton bébé est peut-être déjà né.

Mais j'ai peur que Papa et Maman n'oublient jamais tout ça.

Bisou,
Evie

P.-S. : tu me manques.

JEUDI 13 SEPTEMBRE

Chère Cilla,

La date de l'accouchement est passée depuis cinq jours. J'ai lu sur Internet que les femmes ont leur premier bébé tard, mais souvent pas plus de dix jours après la date prévue. Donc je suis sûre que c'est pour bientôt.

Je suis contente que tu aies su que c'était une fille avant de partir. Ça la rend plus réelle pour moi.

Elle va être réelle très bientôt. Ce sera une personne, pas simplement une idée vivant à l'intérieur de toi. Elle aura de minuscules orteils, de petits ongles en demi-lune et du duvet tout doux sur la tête. Ou plein de cheveux. Ou pas de cheveux du tout.

Elle pourrait te ressembler, ou alors ressembler à Alex.

Elle pourrait même me ressembler.

Ça fait bizarre.

Je me demande si ça va te faire mal d'accoucher. On a commencé un chapitre sur la puberté en cours cette semaine, et M. Quimby nous a montré des schémas de corps masculins et féminins. Personne n'a cru qu'un bébé pouvait sortir d'une femme adulte. Ça semble impossible. Et tu n'es même pas encore une adulte. Ou alors si ? Est-ce qu'on devient automatiquement une adulte quand on devient une mère ? Ou quand on tombe enceinte ?

Je n'arrive toujours pas à croire que tu vas être une *maman*. Et moi une *tante*. Est-ce que je serai toujours une tante quand tu auras fait adopter ta fille ?

Je me demande si tu regretteras de t'être décidée pour l'adoption quand tu l'auras vue. Ou si tu regretteras de ne pas avoir épousé Alex après tout.

Je ne crois pas que je pourrais abandonner un bébé. Ce n'est pas comme quand j'étais petite, quand tu m'as donné ton éléphant en peluche. Quand on donne un bébé, on ne peut pas le reprendre. Même s'il nous manque.

Même si *elle* nous manque.

Je parie qu'elle va beaucoup te manquer. Au début, tu voulais bien d'elle. Et Alex aussi. Je me demande ce qu'il en est maintenant.

Tu as pleuré pendant trois jours après ta dispute avec Alex. Tu m'as dit qu'il voulait la garder et l'élever loin de Maman et Papa. Tu m'as dit que tu l'aimais, mais que tu avais peur.

Et puis il s'est fâché contre toi parce que tu t'inquiétais de ce que penseraient les autres.

Et puis tu t'es fâchée contre lui.

Et puis je n'ai plus vu Alex. Tu as arrêté de sourire.

Avant ça, on s'émerveillait sur les petites robes roses à froufrous et les petits bonnets de laine à pompons. On parlait de nourriture pour bébé et de trouver une crèche. Tu parlais d'allaitement. (Ça, ça me dégoûtait un peu.)

Puis tu as arrêté de t'émerveiller. Tu ne souriais plus. Tu as commencé à parler d'adoption. Tu as arrêté de chercher où mettre le berceau et tu t'es mise à parler des universités où tu voulais t'inscrire. Tu as remplacé « bébé » par « Broadway » et « internat ».

Je n'ai jamais su si c'était vraiment ce que tu voulais. On aurait dit que c'étaient les paroles de Papa et Maman qui sortaient de ta bouche.

Parce que tu avais l'air d'avoir peur, quand tu parlais de ton avenir. Tu avais l'air perdue.

Tu avais l'air de vouloir rentrer à la maison alors que tu n'étais même pas encore partie.

Tu m'as dit que si tu ne l'abandonnais pas, le bébé allait faire dérailler ta vie. Mais si c'était tout le contraire ? Si tu avais pu l'ajouter à ta vie ? Si ta peur t'empêchait de le savoir ?

J'arrive toujours à me l'imaginer ici.

Elle a sa place. Tout comme toi.

Bisou,
Evie

P.-S. : tu me manques.
P.P.-S. : quand M. Quimby nous a montré le schéma du corps masculin, Danny Donato a crié que c'était dégoûtant. Alors M. Quimby nous a fait répéter les parties du corps en hurlant. Il a dit que c'était pour qu'on soit « à l'aise avec l'anatomie humaine ». Maggie m'a dit qu'elle et sa classe étaient au milieu d'une dictée quand ils nous ont entendus crier « Pénis ! ».

VENDREDI 14 SEPTEMBRE

Chère Cilla,

Cette semaine en littérature, on a parlé de la description.

M. Barrett dit que quand on décrit quelque chose à l'écrit, c'est important de faire appel aux cinq sens : la vue, l'odorat, l'ouïe, le goût et le toucher.

On a décrit des choses toute la semaine. J'ai décrit le potager de Maman et la statue de Jésus devant l'église. Aujourd'hui, j'ai fait une description de June :

La peau de June est noire comme une nuit sans étoiles. Mais les étoiles sont dans ses yeux, deux globes scintillants. Son front est lisse et net, contrairement au mien qui est parsemé de boutons. Elle porte deux boucles d'oreilles à chaque lobe, un anneau doré et un petit diamant. Parfois son rire tinte comme un grelot ; parfois on dirait un petit cochon. Les deux rires sont super.

Mais je l'ai jetée à la poubelle après le cours. Je ne savais pas trop si je pouvais utiliser le mot « super » dans un devoir pour l'école.

Bisou,
Evie

P.-S. : tu me manques.

SAMEDI 15 SEPTEMBRE

Chère Cilla,

Le bébé arrive ! Tante Maureen a appelé Maman il y a une heure. Tu vas avoir ton bébé aujourd'hui ! (Ou demain. Je ne sais pas combien de temps prend ce genre de chose.) Tu vas être maman !

J'ai décidé que même si tu abandonnes le bébé, tu es officiellement une maman. Une adulte. Je ne sais pas encore si je veux que tu me racontes tout ce qui s'est passé (ce qui se passe en ce moment !), quand le bébé sera sorti. Ce sera soit incroyable, soit dégueu.

Papa et Maman sont en train de faire leurs valises. Je ne savais pas qu'ils avaient prévu d'être là au moment de l'accouchement, mais ça paraît logique. Tu es toujours leur fille. Ils doivent être avec toi. Ils veulent être avec toi. Je les entends se presser à l'étage.

Je voulais à tout prix les accompagner, mais ils ne sont pas d'accord. J'ai supplié, et même promis de faire la vaisselle tous les soirs jusqu'à la fin de ma vie, impossible de les faire changer d'avis. Même quand j'ai dit que j'essuierais la vaisselle aussi. Et tu sais à quel point je déteste ça.

Alors c'est Tante Megan qui me garde. Je ne l'ai pas vue depuis ton départ, quand elle allait faire son voyage d'affaires en Italie. Elle m'a dit qu'elle m'enverrait une carte postale et un cadeau, mais elle n'a rien envoyé.

(On dirait que NE PAS écrire à Evie est une tradition familiale.)

Même si je m'en fiche. Je n'avais pas *vraiment* envie de recevoir un tee-shirt « I Love Italy ». Mais ça aurait été chouette de pouvoir le montrer à tout le monde. Que les autres sachent des gens que je connais sont allés là-bas. Et qu'ils ont pensé à moi, en plus.

Je me demande si tu penses à moi en ce moment. Je me demande si tu souffres. Je parie que je pourrais t'aider. Je te raconterais des blagues. On regarderait des émissions de téléréalité nulles pour passer le temps. Je te tiendrais la main ; je suis sûre que tu la serrerais si fort que tu pourrais me casser les doigts. C'est toujours comme ça dans les accouchements à la télé.

Je viens d'entendre la porte claquer. Et maintenant j'entends Tante Megan. Elle est déjà là ! Ça doit vouloir dire que le bébé arrive.

Je suis impatiente de savoir ce qui va se passer !

Bisou,
Evie

P.-S. : tu me manques.

DIMANCHE 16 SEPTEMBRE

Chère Cilla,

Je me demande si tu es encore en train d'accoucher. Je me demande si tu as pu tenir ton bébé dans tes bras avant qu'on te le prenne. Je me pose beaucoup de questions parce que je n'ai pas la moindre idée de ce qui se passe. Maman a appelé ce matin, mais Tante Megan a raccroché sans me laisser le temps de lui parler. Elle a dit que Maman et Papa me parleraient en rentrant.

J'avais besoin de me distraire après la messe (sinon j'aurais pensé à toi *toute la journée*), alors je suis allée chez June. C'est elle qui m'a invitée ! Elle aurait sûrement invité Katie et Maggie aussi, mais elles avaient théâtre à la maison de quartier. Elles voulaient que je m'inscrive avec elles, sauf que j'ai oublié et maintenant c'est trop tard.

C'était bien de passer du temps avec June. Sa maison est minuscule, elle y habite avec sa mère. Son père est mort quand elle était petite. Elle m'a dit ça l'air de rien, je n'ai pas posé plus de questions. Ça aurait été très malpoli.

Sa mère avait une réunion avec un client (elle est graphiste), alors on est montées dans la chambre de June. C'EST LA CHAMBRE LA PLUS COOL DU MONDE. Les murs sont orange vif, ça a l'air moche quand je l'écris, mais en vrai c'est génial, on a l'impression d'être à la surface du soleil. Et puis elle a plein d'images de fleurs roses, jaunes et vertes sur les murs. Ce ne sont pas des photos ni des peintures. On dirait un mélange des deux. Elles pourraient être aux murs d'un musée d'art moderne, tu vois.

C'est la *mère* de June qui les a faites !

J'ai admiré sa chambre pendant cinq minutes au moins, puis on a fait nos devoirs. Mais pas longtemps, parce qu'on est dimanche et qu'on n'est pas des fayotes à ce point. Puis on a regardé *Star Wars : Le Réveil de la Force*. C'était la centième fois qu'on le voyait toutes les deux, mais on l'adore toujours autant. À la fin on a joué à être Rey en nous battant au sabre laser.

C'était bien. J'aime vraiment June. Comme amie, je veux dire.

Après le film, June a dit quelque chose de bizarre. Elle a dit qu'elle trouvait Rey « mignonne ». Je ne savais pas trop quoi dire. Katie et Maggie passent leur temps à répéter que Joey est mignon. Katie dit aussi qu'Ethan, qui est dans notre classe, est mignon. Elles ne disent jamais qu'une fille est mignonne, même si moi ça m'arrive souvent de remarquer ce genre de choses.

C'est comme quand Maman dit que les actrices à la télé sont belles. Ou les classements des plus belles célébrités dans les magazines. C'est un fait. Certaines personnes sont mignonnes. D'autres non.

Il n'y a rien de bizarre là-dedans.

Bisou,
Evie

P.-S : tu me manques.
P.P.-S. : quand je suis rentrée après le film, Tante Megan était encore au téléphone avec Maman. Elle ne veut toujours rien me dire, si ce n'est que Maman et Papa ne reviendront pas avant la semaine prochaine.
P.P.P.-S. : tu as intérêt à rentrer avec eux.

JEUDI 20 SEPTEMBRE

Chère Cilla,

Tu n'es pas rentrée avec eux.

Mais ça tu le sais.

Quand les parents sont arrivés, Papa a porté leurs valises dans la maison, Maman avait rapporté une bouteille de Coca vide et une peau de banane.

Ils ne t'ont pas ramenée.

Ils avaient l'air épuisés. Maman triturait sa croix en pendentif, comme elle le fait quand elle est contrariée. Ils avaient sûrement l'intention de m'expliquer pourquoi tu n'étais pas là, mais je ne leur en ai pas laissé l'occasion. Je ne voulais pas leur demander pourquoi tu étais dans un autre lycée, parce que ça aurait voulu dire que tu avais décidé de rester loin de nous. Parce que si tu avais vraiment voulu rentrer à la maison, tu te serais plus battue que ça.

Alors j'ai couru à l'étage et j'ai claqué la porte. Puis j'ai mis la musique à fond *sans* les écouteurs, ha ! Et j'ai tiré la couverture sur ma tête.

J'arrête de t'écrire, j'en ai marre. Je t'envoie cette lettre uniquement pour que tu le saches. Si tu veux me parler, tu me parleras. Tu sais où me trouver.

Bisou,
Evie

P.-S : tu ne me manques *pas*.

P.P.-S. : j'envoie cette lettre à l'adresse de Saint-Augustin parce que Maman dit que tu n'as pas Internet là-bas. J'ai regardé sur le site et je vois que tous les profs ont une adresse mail. Même le « technicien de surface ». Est-ce que c'est comme ça qu'ils appellent l'homme de ménage dans ta nouvelle école de snobs ? Je m'en fiche. Tu ne vas pas répondre de toute façon.
P.P.P.-S : et moi non plus.

MARDI 2 OCTOBRE

Chère Cilla,

D'accord, peut-être que je ne vais pas arrêter d'écrire tout de suite. Parce que je me suis aperçue d'une chose aujourd'hui. Une chose qui me fait mal au cœur. Ça m'a fait comprendre que je ne suis pas la seule à souffrir.

Je suis retournée chez June hier. Je voulais qu'elle vienne à la maison, mais Maman était malade. Elle a passé la journée dans sa chambre, la porte fermée. Elle ne m'a même pas répondu quand j'ai demandé si je pouvais sortir. Elle a seulement grogné et reniflé.

La tante de June, Ophelia, était chez elle. Elle avait amené son bébé, Nina, qui a deux mois. C'est pour ça que June et sa mère ont déménagé de Californie, pour être plus proches de leur famille. Nina a de minuscules doigts, de minuscules orteils et le petit nez en trompette le plus mignon du monde. Elle est toute petite et elle a une tonne de cheveux noirs tout frisés. Ophelia lui avait mis un bandeau violet sur la tête pour aller avec sa robe.

Elle sentait le talc et les sablés.

Est-ce que ton bébé avait cette odeur quand tu as accouché ? Comment aurais-tu pu l'abandonner après avoir senti ça ?

Ophelia m'a demandé si je voulais porter Nina. J'ai dit non mais elle me l'a mise dans les bras. Nina ne pleurait pas, elle n'arrêtait pas de faire des gazouillis avec des petites bulles de salive. Elle était trop mignonne pour que je refuse.

Dans ma tête, j'ai fait comme si c'était ton bébé. Je lui ai même donné un nom : Anna.

Ne pleure pas, petite Anna, Evie va te chanter une berceuse.

Ophelia parlait de son accouchement à la mère de June. Elles ont dit qu'elles « comparaient leurs histoires d'horreur ». C'était vraiment immonde. Ophelia a dit que son accouchement avait duré trente et une heures pour Nina. C'est plus qu'un jour entier ! Elle n'a pas arrêté de hurler du début à la fin. L'histoire de la mère de June était totalement différente. Elle a eu June dans une baignoire ! Pas une baignoire normale, mais un bassin spécialement conçu pour accoucher. June est sortie dans l'eau. C'est cool, non ?

Je me demande comment tu as eu Anna. Ou quel que soit le nom que tu lui as donné. Et à quel point ça fait mal.

Quand sa mère a raconté tout ça, June a fait la grimace et m'a tirée par le bras.

— Maman, je ne veux pas entendre encore ces histoires sanguinolentes, tu vas répéter que ma tête était toute fripée quand je suis née et tout. Evie et moi on a des devoirs à faire.

J'ai caressé la tête de Nina (en faisant bien attention à ne pas toucher l'endroit tout mou sur le dessus) et je suis partie. Je sentais encore son odeur de bébé dans la chambre de June. Je l'appelais encore Anna dans ma tête.

Je me suis mise à pleurer avant d'arriver à la chambre. J'ai voulu dire à June que j'avais une poussière dans l'œil, ou que ma grand-mère était malade, mais finalement je lui ai raconté la vérité. La vraie vérité, pas celle que Maman et Papa m'ont forcée à raconter à tout le monde, même à Katie et Maggie. Ça n'a pas dérangé June. Elle m'a serrée très très fort dans ses bras.

Ça m'a donné des petits frissons, c'était bizarre. Je n'arrêtais pas de penser à la fois où June a dit que Rey était mignonne. Mais après j'ai décidé qu'il n'y avait rien de bizarre. C'est juste que je n'ai jamais eu une amie aussi gentille avant.

Un peu plus tard, j'avais envie de faire pipi et comme les toilettes du haut étaient cassées, j'ai dû descendre. J'ai jeté un coup d'œil dans la cuisine en passant. Je ne voulais pas écouter aux portes, je voulais juste revoir le bébé. Mais Nina dormait en écharpe contre Ophelia, alors je n'ai pas pu voir son visage.

Ça m'a surprise qu'elle ne se réveille pas, parce que Ophelia parlait fort. Elle se plaignait qu'elle ne dormait que deux heures par nuit et qu'elle pleurait tout le temps. Que rien que de prendre une douche était difficile et qu'elle se sentait seule quand son mari était au travail. Mme Reynolds lui serrait les mains mais je n'entendais pas ce qu'elle disait, alors j'ai fini par aller aux toilettes.

En les écoutant je me suis rendu compte d'une chose : ça fait des mois que je ne pense qu'à moi.

Je me sens seule à la maison avec Maman et Papa.

Je ne peux pas te parler.

Je n'ai pas pu rencontrer le bébé avant que tu le confies.

Alors voilà ce dont je me suis rendu compte aussi aujourd'hui : j'ai oublié de penser à *toi.*

Tu dois te sentir encore plus seule que moi.

Tu dois vouloir avoir quelqu'un à qui parler.

Tellement de choses doivent te manquer :

Tes amis.

Alex.

Anna.

Moi, j'espère.

Peut-être que tu n'as pas répondu à mes lettres parce que tu es déprimée. Je n'arrête pas de t'imaginer dans une chambre sombre, dans ton internat sordide, à penser que personne ne t'aime.

Moi, je me fais du souci pour toi. Moi, je t'aime.

Bisou,
Evie

P.-S. : et surtout, tu me manques !

P.P.-S. : est-ce que tu as un téléphone là-bas ? Je sais que les parents t'ont confisqué le tien après la première grosse dispute, mais il n'y en a pas dans ta chambre ? Tu peux m'appeler pour me donner le numéro ?

MARDI 9 OCTOBRE

Chère Cilla,

J'ai pensé à un truc aujourd'hui : peut-être que mes lettres ne t'arrivaient pas quand tu étais chez Tante Maureen. Peut-être que le facteur n'a pas pu trouver sa ferme, comme Papa quand on y était allés.

Donc j'espère que tu vas finir par me répondre maintenant que je t'écris à ta nouvelle école. Et je vais essayer d'être plus gentille avec toi. Plus compréhensive.

D'être une meilleure sœur.

Voici ce que je propose : tu n'es pas obligée de rentrer à la maison. Si tu as toujours honte d'avoir eu un bébé, ou si tu ne veux pas voir Alex, ou si tu as peur de ce que diront tes amis, ce n'est pas grave. Tu n'as pas besoin de rentrer à la maison pour de bon.

Mais est-ce que tu peux juste m'écrire ? Même une seule fois ? Pour me dire que tu vas bien ?

Bisou,
Evie

P.-S. : parce que tu me manques.

LUNDI 15 OCTOBRE

Chère Cilla,

J'ai aperçu Alex au match de football américain du lycée vendredi dernier. J'y étais avec June. Enfin, j'y allais avec Papa et Maman (ils se sont portés volontaires pour vendre les billets), mais June est venue avec nous. On a vu Alex en allant acheter à manger. June m'a piqué une poignée de pop-corn (son orthodontiste lui interdit d'en manger) et moi j'ai croqué dans son hot dog. Maman n'a pas voulu que j'en prenne un puisqu'on était vendredi. La mère de June se fiche de la règle « pas de viande le vendredi ». Tu sais pourquoi ? C'est parce que la famille de June est athée !

Je n'avais jamais rencontré de gens qui ne croient pas en Dieu. Je ne savais même pas que c'était possible. Dieu existe. Évidemment. Mais quand j'ai demandé à June pourquoi elle n'était pas croyante, elle a haussé les épaules.

— Pourquoi je devrais y croire ? a-t-elle demandé. Où est la preuve ?

J'ai regardé les pins qui entourent le stade. La lune qui brillait dans le ciel. Je me suis souvenue du coucher de soleil un peu plus tôt dans la journée et de l'écureuil que j'avais croisé sur la pelouse en sortant du collège.

Elle est là, la preuve, j'ai pensé.

Mais je n'ai rien dit.

Parce que j'ai été distraite par Alex. Il était accoudé à la barrière, il parlait avec une des pom-pom girls. Je ne sais pas comment elle s'appelle mais je crois qu'elle est déjà venue chez nous, pour un exposé que vous aviez à faire une année. Il s'est retourné pile quand je le regardais et il a croisé mon regard. Il a sursauté, comme s'il avait reçu une décharge électrique.

Ou qu'il avait été surpris à faire quelque chose de très, très mal. Il s'est précipité vers moi.

— On est juste amis ! On est juste amis !

Il n'arrêtait pas de répéter ça comme si ça m'intéressait de savoir avec qui il sort.

Comme si ça t'intéressait.

Tu aimes toujours Alex ? Je sais que vous vous êtes disputés, mais c'est quand même le père de ton bébé. Même si tu ne l'as plus, il est à vous deux en même temps.

J'aimais bien Alex. Je l'aime toujours bien, même si vous êtes fâchés. Il ne me prend pas pour une gamine, lui.

Il m'a demandé de tes nouvelles.

J'aurais aimé avoir quelque chose à lui dire. S'il te plaît écris-moi.

Bisou,
Evie

P.-S. : tu me manques.

LUNDI 22 OCTOBRE

Chère Cilla,

Hier après-midi, Maggie et Katie sont allées chez June pour regarder des films d'horreur. Je n'ai pas pu y aller, évidemment, puisque Papa et Maman « s'opposent moralement » aux films d'horreur. Je parie que tu te souviens très bien de l'air pincé de Maman toutes les fois où tu demandais aux parents si tu pouvais en voir un.

June m'a raconté les films en cours d'arts plastiques aujourd'hui, avec les effets sonores stressants en prime. Elle est douée en grimaces. Elle est jolie même quand elle fait le zombie.

Bisou,
Evie

P.-S. : tu me manques toujours ! Tu te souviens de moi ? Ta sœur ? Ta sœur qui adorerait avoir de tes nouvelles.
P.P.-S. : je suis sûre que je vais recevoir une lettre de toi très bientôt.

SAMEDI 27 OCTOBRE

Chère Cilla,

Maman m'a entendue dire ton nom au téléphone ce matin. Elle a pincé les lèvres comme si elle avait bu de la limonade sans sucre, comme la fois où on avait mis du sel à la place du sucre. Je parlais avec Katie et elle m'a forcée à raccrocher. Quand je lui ai dit que ce n'était pas juste, elle a répondu que la vie n'était pas juste. Et puis elle est allée pleurer dans sa chambre. Je l'entendais malgré la télé à fond. En sortant elle avait les yeux rouges et gonflés, mais elle a fait comme si de rien n'était. On s'est pris la main pour dire la prière et tout est rentré dans l'ordre.

Ce soir, elle a préparé des macaronis aux trois fromages, comme tu les aimes. Et un brownie. Et un cheesecake. Je crois qu'elle se transforme en robot à cuisiner.

Elle a pleuré après le dîner, aussi.

Bisou,
Evie

P.-S. : tu me manques.

MARDI 30 OCTOBRE

Chère Cilla,

Papa et Maman sont insupportables. Ce sont les pires parents et je suis sûre que ça peut se prouver scientifiquement.

Katie, Maggie et June se déguisent en diable pour Halloween. On est allées toutes les quatre au magasin de déguisements pour acheter des costumes stylés : un body rouge à paillettes, des collants rouge brillant et une longue queue. On a même pris des serre-tête avec des cornes et des fourches. On les a essayés chez June. Elle n'a pas arrêté de me chatouiller la figure avec sa queue de diable.

Quand j'ai parlé de nos déguisements à Papa et Maman, ils ont dit que je n'avais pas le droit d'aller faire la collecte des bonbons déguisée en diable. Comme si en enfilant mon déguisement, j'allais devenir un suppôt de Satan ou je ne sais quoi.

Mince, alors ! Halloween, c'est une fête ! C'est fait pour se déguiser, rigoler et aller chercher des bonbons. Plein de bonbons ! En plus, c'est sûrement la dernière année que je fais ça, donc je veux y aller avec mes copines. Déguisée en diable. Pas le *vrai* diable (qui n'existe sûrement pas, en plus). Un faux diable.

C'est si difficile à comprendre ?

Ils sont INSUPPORTABLES !

Bisou,
Evie

P.-S : tu me manques. La voix de la raison manque dans cette maison !

MERCREDI 31 OCTOBRE

Chère Cilla,

Pour finir, on était trois diables et un ange. Un ange qui portait un pull blanc, un legging blanc et une « auréole » en carton.

Le pire costume d'Halloween de tous les temps.

Mais June a dit que j'étais mignonne. Je n'ai pas trop su quoi en penser, mais elle avait sans doute raison. En tout cas, j'aimais bien ma coiffure.

Bisou,
Evie

P.-S. : tu me manques.
P.P.-S. : tu t'es déguisée pour Halloween ? Si tu ne veux pas écrire, tu peux peut-être juste m'envoyer une photo ? Ou alors ils ne font pas Halloween à l'internat ?
P.P.P.-S. : j'ai récolté *douze* barres Reese's au beurre de cacahuète, dont *deux* géantes !

MARDI 6 NOVEMBRE

Chère Cilla,

Pas de lettres. Pas de rien. (Ça ne veut rien dire mais tu as compris.)

J'ai envoyé un mail au directeur de Saint-Augustin hier. Je me suis dit que si ces lettres ne te parvenaient pas, il pouvait peut-être te faire passer un message lui-même.

Il doit être très occupé, parce que je n'ai pas encore reçu de réponse.

De personne.

C'est mon anniversaire cette semaine, au fait.

Si tu vois ce que je veux dire.

Tu n'es pas obligée de m'acheter de cadeau. Une lettre me ferait plaisir. Même une carte postale, au point où j'en suis.

Bisou,
Evie

P.-S. : tu me manques.

JEUDI 8 NOVEMBRE

Chère Cilla,

Joyeux anniversaire ! Joyeux anniversaire ! Joycux anniversaire à moiiiiii ! Joyeux anniversaire !

Ou pas.

L'année dernière pour mes onze ans, tu m'as réveillée en sautant sur mon lit et tu m'as mis un sac rouge vif sous le nez. Il était rempli de feutres (mes préférés !), il contenait aussi deux nouveaux livres et un tee-shirt Poudlard.

Pour mes dix ans, tu m'as réveillée en sautant sur mon lit et tu m'as donné un bon cadeau pour aller faire du trampoline.

Pour mes neuf ans, tu m'as réveillée en sautant sur mon lit et tu m'as donné un dessin de licorne que tu avais fait. Tu n'avais pas d'argent parce que tu étais allée deux fois au cinéma ce mois-là.

Quand je me suis réveillée ce matin, mon lit ne bougeait pas et il n'y avait aucun bruit. Papa et Maman m'ont souhaité bon anniversaire au petit déjeuner. Ils n'ont rien dit d'autre. Maman a préparé des œufs brouillés, que j'adore d'habitude, mais elle les a fait brûler. Ils m'ont offert une carte qu'ils avaient signée (pas de message personnalisé, pas de petit dessin, même pas un cœur) et un carnet avec des citations religieuses.

— Si tu veux, tu peux écrire là-dedans, a dit Maman.

— Ça t'aidera à mieux comprendre ce que nous t'enseignons sur la foi, a ajouté Papa.

Je l'ai mis dans mon tiroir de bureau avant d'aller au collège. Maggie, Katie et June avaient décoré mon casier avec des ballons et des serpentins. Maggie m'a offert un livre. Il y a deux enfants qui portent un canoë rouge sur la couverture. Je n'ai jamais fait de canoë, mais le livre a l'air bien. Katie m'a offert un bracelet avec quatre breloques : un cœur, un soleil, un crayon et une fleur. Je peux en ajouter d'autres si je veux ! Il y a un site Internet où on peut en acheter.

June m'a offert une paire de boucles d'oreilles : des petites pierres bleues. Normalement je ne porte pas de boucles d'oreilles, mais elle m'a dit qu'elles lui faisaient penser à moi et qu'elles allaient bien avec mes yeux. Ça m'a fait rougir, alors j'ai marmonné un merci avant de les mettre dans ma poche. Je me suis excusée d'avoir été malpolie après, mais elle a dit que ça allait. Et puis j'ai mis les boucles à mes oreilles. Elles sont vraiment jolies.

Bisou,
Evie

P.-S. : tu me manques.
P.P.-S. : puisque d'habitude on l'organise ensemble, ça me manque de ne pas faire de fête cette année. Je sais que j'aurais pu l'organiser toute seule, ou avec les parents, mais ce n'est pas pareil.

LUNDI 12 NOVEMBRE

Chère Cilla,

Aujourd'hui M. Carlon nous a emmenés au CDI pendant l'heure d'arts plastiques. On commence une séquence sur la sculpture, donc Mlle Manfredi, la documentaliste, nous a sorti un tas de livres sur le sujet. M. Carlon voulait qu'on sente « la présence de la muse » et qu'on soit « inspirés par les maîtres ». Il a dit ça de sa grosse voix en se frappant la poitrine. Katie et moi on s'est regardées en levant les yeux au ciel quand il s'est retourné. June aussi.

M. Carlon est sympa, mais il est assez ridicule. Il aurait plutôt dû être prof de théâtre.

Ça ne m'a pris que dix minutes pour feuilleter les livres qui restaient après que toute la classe a fondu dessus. J'ai vu des sculptures de Michel-Ange et de Raphael (aucune des autres Tortues Ninja, hahaha), mais pour moi, tout ça, ce ne sont que des tas de pierres.

Comme M. Carlon était sur l'ordinateur à l'autre bout de la salle (sûrement en train de lire ses mails), je me suis baladée dans les rayons. Il y avait Ian Mahoney et l'équipe de basket au rayon Fiction, alors je suis allée aux Documentaires. J'ai feuilleté un livre sur les papillons avant de prendre mon courage à deux mains pour regarder ce qui m'intéressait vraiment : *Les mères adolescentes.*

Ça m'a étonnée que ce livre soit sur les étagères. Tu te rappelles, il y a quelques années, quand Mme Clarke, à l'église, a lancé une pétition en primaire pour retirer le livre qui parlait des pingouins gays ? Papa et Maman l'avaient signée et étaient même allés à un rassemblement en ville. Tu avais eu honte. Moi, je n'en savais pas assez pour avoir honte. Maintenant oui. On n'est plus au Moyen Âge. Si des pingouins veulent être homosexuels, laissons-les tranquilles. Qu'est-ce que ça peut faire ?

Bref, j'ai pensé qu'après ça, Mme Clarke avait sûrement fait le tour des écoles au milieu de la nuit pour brûler tous les livres « controversés ». Mais non, il était là, le *Manuel de survie pour les ados gays, lesbiennes, bisexuels, transgenres, et qui se posent des questions* : tout ce que je voulais savoir sur les mères adolescentes. (Comme si je n'en savais pas déjà assez.)

J'ai mis de longues minutes à sortir le livre de l'étagère. Je n'arrêtais pas de jeter des regards autour de moi et je me déplaçais dans le rayon au moindre bruit. (Je pense que quelqu'un portait un pantalon en velours côtelé, qui faisait du bruit à chaque pas.) Heureusement, la plupart des gens étaient sur les ordinateurs.

J'ai finalement ouvert le livre et parcouru la table des matières. Je ne sais pas ce que je m'attendais à trouver. Une réponse à la question : « Pourquoi être enceinte peut rendre triste ? » Un chapitre qui explique quoi faire si votre grande sœur, enceinte, est chassée de la maison le temps d'avoir le bébé et ne revient jamais ?

ALORS QU'ELLE AVAIT DIT QU'ELLE REVIENDRAIT.

Mais ce livre a au moins vingt-cinq ans et il ne comporte que des informations techniques. Ovules, spermatozoïdes, ovaires, utérus. Accouchement. S'occuper d'un nouveau-né. Je m'en fiche de tous ces faits. Moi ce qui m'importe c'est *toi*.

Fait : Maman et Papa ont dit que ton accouchement s'est bien passé, que le bébé va bien et que tout va bien blablabla.

Fait : le bébé (moi je l'appelle toujours Anna) est dans une famille qui l'aime.

Fait : tu as décidé de rester à Saint-Augustin au lieu de revenir à la maison.

Je ne sais pas pourquoi tout s'est passé comme ça. Mais je *sais* que tu voulais revenir à la maison. Je le sais, c'est tout.

Les bouquins sont débiles.

Les CDI sont débiles.

Tu es débile.

Bisou,
Evie

P.-S. : tu me manques et je te déteste et je t'aime.

MARDI 20 NOVEMBRE

Chère Cilla,

Il faut que je te raconte quelque chose. Je ne sais pas si je devrais, mais je l'ai ressassé toute la semaine. J'ai l'impression d'avoir une énorme pierre dans l'estomac. Une énorme pierre qui n'en finit plus de grossir.

La semaine dernière, on est allés au restaurant pour mon anniversaire. *Chez Bianchi*, ton préféré. Le serveur, le vieux, celui qui est là depuis un million d'années, nous a demandé si on voulait une table pour quatre tout en sortant quatre menus, comme s'il s'attendait à te voir débarquer d'une minute à l'autre.

Tu vois que tu fais partie de la famille. Le serveur chauve avec des poils qui lui sortent du nez sait que tu devrais être là.

Mais Papa a secoué la tête en disant qu'on était trois. Le serveur n'a pas posé de question, j'ai trouvé ça dommage. Je voulais qu'il demande pourquoi tu étais partie. Je voulais qu'il parle de toi, même s'il ne connaît pas ton prénom.

Si tu n'étais pas là, moi, au moins, je voulais que tu sois nommée.

Mais, non ! Il s'est contenté de nous tendre nos menus et de nous installer à une table. Il a enlevé une chaise, aussi. Ta chaise. Pour l'apporter à une autre table pour un monsieur tout petit avec une énorme barbe. Il a vu que je l'observais et m'a lancé un regard noir. Alors j'ai arrêté.

Il y a toujours l'énorme portion de lasagnes au menu. Mais je n'ai pas commandé ça, parce que je n'aurais pas pu les finir sans les partager avec toi. Et je n'avais pas besoin d'emporter les restes à la maison puisque Maman continue de cuisiner comme une malade. Avant elle préparait déjà le dîner et quelques repas pour les gens à l'église, mais là elle s'est transformée en machine. Elle ne s'arrête jamais. Le congélateur regorge de lasagnes, d'enchiladas et de soupes en tout genre. Et de cookies. Je ne savais même pas qu'on pouvait congeler des cookies !

Passons. Ce que j'ai mangé à ce dîner n'est pas le sujet de cette lettre. (J'ai pris les raviolis. *Trop bons.*) C'est *qui* j'ai vu au restaurant.

Après qu'on a passé commande des boissons au serveur (le brun, celui que tu trouves mignon), un monsieur est venu à notre table. Grand et maigre, on aurait dit un haricot vert géant. Il portait une cravate fine et verte, aussi. Il avait un énorme bouton sur le menton et une moustache noire, fine comme une chenille poilue.

Tu aimes ma description ? M. Barrett nous a parlé des comparaisons hier. Il faut utiliser les mots « comme » ou « tel que ». Alors que pour les métaphores, non.

Tu le savais sûrement déjà, mais moi je les confonds encore de temps en temps.

Le type s'appelait Peter. Papa a dit qu'ils étaient dans la même équipe d'ultimate à l'université. Il n'avait pas la carrure d'un sportif, mais Papa non plus. Chaque fois qu'il nous parle de ses « jours de gloire » à Amherst, j'ai du mal à l'imaginer. Il dit qu'il avait les cheveux blonds, longs et en bataille et qu'il s'entraînait pieds nus. Il pouvait soi-disant lancer un frisbee au bout d'un terrain de football, et d'avril à septembre il ressemblait à un raton laveur à cause de la marque de bronzage de ses lunettes de soleil.

Maintenant il porte des costumes pour aller au travail et aide les gens à remplir leurs déclarations d'impôts.

Je ne comprends pas.

En tout cas, Peter semblait se rappeler l'ancien Papa. Il lui a donné une tape sur l'épaule qui l'a fait grimacer.

— Tommy, ça alors ! Ça fait longtemps !

Papa s'est levé, ils se sont tapé dans le dos quelques secondes, c'était bizarre.

— Comment ça va depuis l'université ?

— Je n'arrive pas à croire que ça fait vingt ans.

Ils ont marmonné des trucs comme quoi c'était impossible qu'ils soient si vieux et que c'est comme si c'était hier, blablabla. Ils ont prononcé des termes d'ultimate incompréhensibles. Peter a demandé à Maman si elle était toujours « la meilleure pâtissière de tout ce foutu pays ».

Là j'ai levé la tête. Je n'ai jamais entendu Maman prononcer des gros mots, et Papa a dit une seule fois « merde », le jour où tu venais d'avoir ton permis et que tu as fait une embardée pour éviter un écureuil. Tu as failli nous faire rentrer dans le mur de briques devant la pizzéria de Tony.

Je me souviens de la tête de Papa quand, une fois la frayeur passée, il s'est rendu compte qu'il avait juré. C'était à mourir de rire.

Mais là, ils n'ont pas réagi. Maman a juste répondu que oui, elle cuisinait toujours, et Papa a parlé de son crumble au citron qui est un grand classique à la sortie de la messe.

(Je parie que le crumble au citron de Maman te manque. Et les scones à la myrtille aussi. Et ses cookies au beurre de cacahuète. Je parie qu'il n'y a rien de tout ça à Saint-Augustin. Il ne doit y avoir que des biscuits rassis au dessert.)

Puis Peter a posé des questions sur moi.

— C'est votre fille ? Elle est ravissante.

Maman et Papa se sont regardés. De ce regard télépathique, quand ils doivent se parler sans rien dire. Et puis Papa a dit une chose affreuse :

— Oui, c'est notre fille unique.

Il a posé la main sur ma tête en souriant. Maman a souri aussi. C'étaient les sourires les plus faux du monde.

— Evelyn Jane.

Je ne savais pas quoi dire alors je n'ai rien dit. J'avais la bouche ouverte en grand comme les poissons au marché.

Je ne suis *pas* leur fille unique. Tu es peut-être partie, mais tu appartiens toujours à notre famille. Même s'ils ont honte de ce que tu as fait, ils ne devraient pas te renier. Ça devrait être évident pour des gens qui prétendent que leur livre préféré est la Bible, merde ! (Ha ! Je peux le dire moi aussi.)

J'ai fixé Papa et Maman comme si j'avais le pouvoir de leur faire retirer ce qu'ils venaient de dire. Mais ça n'a pas fonctionné. Papa pinçait tellement fort les lèvres qu'elles étaient toutes blanches. Maman a émis un petit bruit, comme si on l'avait frappée au ventre. Ils ont baissé les yeux.

Mais ils n'ont rien dit. C'était comme si tu n'existais plus, sous prétexte que tu as eu un bébé avant le mariage. Comme si tu avais disparu, pouf ! Comme si tu n'étais jamais née.

Après ils ont parlé de mariage, de boulot, du temps qu'il fait et de trucs d'adultes inintéressants. Puis Peter est parti. La cloche de la porte a tinté derrière lui.

Je me sens tellement mal de ne pas t'avoir défendue. Je ne veux pas t'oublier. Je ne veux pas que les autres t'oublient. Je veux te parler, et pas que par lettres.

Est-ce que j'ai eu tort de te raconter ça ? Est-ce que tu vas te sentir encore plus mal ? Mais j'ai besoin d'en parler à quelqu'un. Si j'écris ce qui s'est passé, c'est la preuve que tu existes. Que tu es toujours ma sœur.

S'il te plaît, réponds-moi et donne-moi une preuve que cette quatrième chaise ne restera pas vide pour toujours.

Bisou,
Evie

P.-S. : tu me manques.

LUNDI 17 DÉCEMBRE

Chère Cilla,

On est le 17 décembre. J'ai trouvé un site qui calcule la date de l'accouchement. On met la date où on est tombée enceinte et il trouve quand on va avoir le bébé. Je l'ai fait à l'envers, j'ai mis ta date d'accouchement. Puis en cherchant un peu j'ai trouvé la date que je voulais.

Aujourd'hui ça fait un an depuis la conception. Depuis que tu es tombée enceinte. Tu n'es partie que depuis juin, mais c'est il y a un an pile que tout a changé, même si tu ignorais encore être enceinte.

Beaucoup de choses peuvent changer en un an. Beaucoup de choses peuvent changer en six mois. Comme moi. Tiens, voilà les changements les plus flagrants en moi depuis ton départ :

1. J'ai grandi. De trois centimètres seulement, mais 1,52 mètre c'est quand même beaucoup mieux que 1,49 mètre. J'ai dû demander des nouveaux pantalons parce qu'on voyait mes chaussettes. Toutes mes chaussettes sont blanches, alors que tout le monde au collège en a des rayées ou à motifs.

2. J'ai commencé la flûte. Je ne suis pas très douée et parfois on dirait un chat à qui on a marché sur la queue, mais je sais jouer *Ah vous dirais-je maman* et *Au clair de la lune*. Et je sais déchiffrer une partition, maintenant. Mme Harper nous a appris des techniques pour mémoriser la gamme.

On appelle ça des moyens mnémotechniques. Par exemple pour retenir le nom des planètes, on dit la phrase : « Mon Violoncelle Tombe, Mais Je Sauve Une Note. » Il y a plein de moyens mnémotechniques. Peut-être que tu en apprends au lycée. J'aime le penser. Comme les gens qui regardent les étoiles et pensent que, très loin, quelqu'un voit les mêmes étoiles.

3. Je crois que je suis allergique aux framboises. Chaque fois que Maman apporte une tarte aux framboises à une fête de la paroisse, ça me démange dans le fond de la gorge, alors j'essaie de me gratter un peu avec ma langue. La semaine dernière, je n'ai pas mangé de tarte et Maman m'en a voulu.

4. Je ne parle plus vraiment aux parents. D'abord parce que je n'en ai pas envie. Et aussi parce qu'ils sont trop distraits ces derniers temps pour me parler. Je leur demande de me passer un mouchoir, ou la télécommande. J'informe Maman que j'ai besoin qu'on m'emmène à tel ou tel magasin. Je leur raconte ma journée, mais seulement ce qui se passe en cours. Je ne leur dis rien d'important. Je ne leur parle pas de June, ni du cours d'arts plastiques d'hier, par exemple, qu'elle a passé à me jeter de la peinture sur le nez. Alors je lui ai jeté de la peinture rouge et à la fin on a eu l'air de deux clowns au nez rouge. Je ne leur dis pas comme tu me manques. Je prie toujours avec eux, mais je n'ai pas l'impression que Dieu entend ce que je dis.

5. Il y a peut-être un autre changement. Mais je ne peux pas t'en parler tout de suite. Je n'en suis pas sûre moi-même.

Bisou,
Evie

P.-S. : tu me manques.
P.P.-S. : on mange de la pizza aux champignons ce soir. Tu détestes les champignons. Ça doit être pour ça qu'on en mange. Je préférerais t'avoir toi, plutôt que des champignons.

MARDI 18 DÉCEMBRE

Chère Cilla,

Je n'ai toujours pas de réponse du proviseur de ton lycée. Ni de toi. Peut-être que M. Locke ne regarde pas ses mails pendant les vacances ? Mais si Saint-Augustin est fermé pour les vacances, alors où es-tu ?

Je voulais demander à Maman et Papa ce que tu comptais faire pour Noël l'autre soir, mais quand j'ai voulu frapper à leur porte, j'ai entendu Maman pleurer. En jetant un coup d'œil à l'intérieur, je l'ai vue penchée sur le coffre au pied de leur lit, là où elle garde nos affaires de bébé. Elle avait entassé les tiennes sur le lit : une paire de minuscules baskets, ta robe de baptême blanche à froufrous, et même une vieille tétine mâchonnée. Des tas de dessins que tu as faits quand tu étais petite aussi. Je suis partie avant qu'elle me voie, mais j'ai eu le temps d'apercevoir son visage. Tout rouge, comme si elle avait pleuré pendant des heures.

Je ne comprends pas. Pourquoi pleurer autant alors qu'elle avait tellement honte de toi quand tu étais là ? Peut-être que tu lui manques, après tout. Je vais les laisser se calmer un peu avant de poser des questions. Pas seulement pour Noël, mais aussi si tu peux revenir pour de bon.

Bisou,
Evie

P.-S. : tu me manques.

VENDREDI 21 DÉCEMBRE

Chère Cilla,

J'ai attendu quelques jours avant de demander à Papa et Maman. Ils étaient en train de finir leur prière du soir, alors je me suis cachée. Maman avait son chapelet sur sa bible et Papa le sien autour de ses doigts. Maman portait cette robe affreuse qu'elle s'est achetée le mois dernier. Longue et noire, avec des boutons en perle. On dirait une bonne sœur. Ou une veuve de quatre-vingt-dix ans.

Je me souviens quand elle portait des vêtements gais. Par exemple son legging rouge à pois blancs. Ou le maillot de bain violet qui lui donnait un air de Marilyn Monroe, selon Papa. Il avait rigolé parce que je ne savais pas qui c'était et m'avait expliqué que c'était une très belle star de ciné à l'époque. Puis il avait fait tournoyer Maman pour l'embrasser en se penchant presque jusqu'à terre. Tu avais dû courir jusqu'à la mer et leur renverser un seau d'eau sur la tête pour qu'ils arrêtent.

Tout le monde sur la plage trouvait qu'on était la famille la plus bizarre.

Je préfère être bizarre que… *ça*. Quoi que nous soyons maintenant.

Je préfère être trempée jusqu'aux os, couverte de sable et d'algues que de vivre dans le monde des robes noires, des boutons en perle et de la tristesse.

Ils avaient l'air tristes quand ils ont fini par remarquer ma présence. Et agacés. Mais j'ai quand même osé parler.

J'étais sûre de pouvoir les convaincre qu'il était temps que tu rentres à la maison. Que si c'est toi qui as choisi de te tenir à l'écart, alors il était de leur devoir de te ramener.

Mais ça ne s'est pas passé comme prévu.

Quand j'ai dit que tu faisais partie de la famille, Maman a eu les larmes aux yeux. Quand j'ai dit que tu étais partie depuis trop longtemps, le visage de Papa s'est changé en masque de pierre. Alors je me suis mise à crier. J'ai dit qu'ils n'étaient pas justes envers toi, ni envers moi, ni envers le bébé parce qu'ils t'avaient forcée à le détester. Qu'au début tu voulais le garder et que tout était leur faute.

C'est là que Papa a perdu la boule. Je ne l'avais jamais entendu crier aussi fort. Et puis Maman a fondu en larmes. Et Papa aussi, je crois, mais peut-être que c'est parce qu'il avait tellement hurlé. Je n'ai rien compris à ce qui se passait alors je suis partie en courant.

Maintenant moi aussi je pleure. C'est pour ça que la page est toute trempée. J'espère que tu peux quand même la lire. Je t'aime. J'ai fait ce que je pouvais.

Bisou,
Evie

P.-S. : tu me manques.
P.P.-S. : je ne baisse pas les bras.

LUNDI 24 DÉCEMBRE

Chère Cilla,

C'est la veille de Noël. C'est la veille de Noël et tu n'es pas là. Je me demande si beaucoup de filles restent à l'internat avec toi, ou si tu es toute seule. Il y a peut-être des tas d'élèves qui restent à Saint-Augustin pendant l'hiver. Peut-être que vous chantez des chants de Noël et que vous décorez un sapin dans le hall ? Ou que vous faites un énorme festin, comme à Poudlard ?

Tu es peut-être seule dans ta chambre.

Ça fait beaucoup trop de « peut-être » et une seule vérité : je ne sais *pas* ce que tu fais en ce moment.

On a mis la nappe en dentelle de Mamie, celle sur laquelle tu as renversé toute la sauce quand tu avais mon âge. Il y a toujours la tache en plein milieu, mais Maman n'a pas posé de poinsettia dessus pour la cacher cette année. Quand j'ai demandé pourquoi, elle a haussé les épaules.

On a installé le sapin mais on ne l'a pas décoré. Pas deux semaines avant Noël comme d'habitude. Même pas une semaine avant. Il y a les guirlandes de couleur mais les décorations sont encore au grenier.

Pas le flocon de neige en papier que tu as fait à la maternelle, avec la photo de toi et ton sourire où il manque des dents au milieu.

Pas de figurine en plastique.

Pas de cheval à bascule en porcelaine, celui que Maman met toujours tout en haut du sapin pour que personne ne le casse.

On n'a même pas un vrai sapin.

Oui, tu as bien lu. On n'est pas allés chercher de sapin cette année. J'ai attendu et attendu que Papa me sorte du lit par un samedi glacial et me colle une tasse de chocolat chaud entre les mains avant de me traîner jusqu'à la ferme à sapins pour choisir l'arbre parfait.

Papa aurait toujours trouvé à redire.

« Trop haut. »

« Pas assez fourni. »

« *Trop* fourni. »

« Pas assez de branches pour nos décorations. »

On aurait été exaspérées et Maman aurait fini par trouver le sapin idéal et elle se serait précipitée pour le prendre. Elle se serait retournée vers Papa avec son énorme sourire (celui que je n'ai plus vu depuis que tu es tombée enceinte) et il l'aurait trouvé parfait aussi.

Peut-être qu'on n'y est pas allés cette année parce que tu n'étais pas là pour être exaspérée avec moi.

Bref, du coup on a un arbre en plastique qui n'a ni odeur ni décorations.

On a une nappe avec une tache que personne n'a pris la peine de cacher.

Et on a à peu près trois millions de tonnes de nourriture. Maman a fait un dîner pour trois cents personnes au lieu de trois.

J'espère que tu manges bien à Saint-Augustin. Joyeux Noël, Cilla. Je t'aime.

Bisou,
Evie

P.-S. : tu me manques.

MARDI 25 DÉCEMBRE

Chère Cilla,

Maman et Papa m'ont offert une poupée pour Noël. Une poupée. Comme si j'avais cinq ans et pas douze. Maman a dit que c'était « une poupée collector en série limitée » de *Anne... la maison aux pignons verts*, mon livre préféré. D'accord, j'adore ce livre. Mais ça reste une poupée.

Maggie a eu cinq vernis à ongles, une robe pour son concert de chant, un sac de couchage pour sa colo d'art de cet été et un nouveau téléphone portable, tout ça de la part de ses parents.

Katie a eu des chaussures, un legging rose et une nouvelle paire de skis.

(On s'est appelées pour comparer nos cadeaux, comme d'habitude. Je vois June demain, elle me dira ce qu'elle a eu.)

Moi, j'ai eu une poupée. (Ah ! et cinq chocolats Hershey dans ma chaussette. Les emballages étaient tout froissés, comme si Papa les avait sortis de sa poche à la dernière minute.)

Puis j'ai dû aller à la messe. J'y ai entendu des mots tels que « grâce divine », « pardon », « renaissance » et « amour ». Le père O'Malley a fait un sermon sur la naissance d'un enfant qui a transformé le monde. Je regardais Papa et Maman avec insistance, mais ils n'ont rien remarqué.

Parce que la seule transformation qui s'est produite chez nous était mauvaise.

Et maintenant, le seul bébé qu'on a, c'est une série limitée collector pour les gamins.

J'espère que tu as passé une meilleure journée que moi.

Bisou,
Evie

P.-S. : tu me manques.
P.P.-S. : comme si ça ne suffisait pas, j'ai encore surpris Maman en train de pleurer. Mais je ne me suis pas sentie mal pour elle. Si elle est triste parce que tu n'es pas là, elle n'avait qu'à pas te laisser penser que tu n'étais pas la bienvenue.

VENDREDI 28 DÉCEMBRE

Chère Cilla,

Voici ce qu'on a fait jusqu'à maintenant avec June pendant les vacances de Noël :

Regarder la première saison de *Star Trek : La Nouvelle Génération*. C'est une vieille série de science-fiction que sa mère adore. Puis on a discuté de notre épisode préféré.

Aller à la piste de roller et patiner avec les petits de primaire. (Notre excuse c'était qu'on accompagnait Iris, la cousine de June, mais c'était pour nous couvrir. On voulait y aller en fait. C'était trop cool. Et je ne suis tombée qu'une seule fois.)

Faire du karaoké dans la chambre de June pendant trois jours d'affilée. (C'était son cadeau de Noël, le karaoké.) Même si June et sa mère ne croient pas en Dieu, elles fêtent Noël. Ça me semble curieux, mais je n'ai rien dit. Au moins, leur sapin est décoré.

Aller faire de la luge sur la colline derrière le lycée. Tous les gens du collège étaient là parce que c'était la première grosse chute de neige de l'année. On a glissé au moins une centaine de fois. Puis on est retournées chez elle boire du chocolat chaud (sa mère y met une tonne de chamallows) et manger des cookies.

C'est les meilleures vacances de tous les temps.

Bisou,
Evie

P.-S. : même si c'est les meilleures vacances, tu me manques toujours. Tu te rappelles l'an dernier quand tu as bien voulu que je vous accompagne, Alex et toi, au ciné ? J'ai lancé mon pop-corn en l'air quand j'ai sursauté de peur, et il y en avait plein le manteau d'Alex. On a tellement ri qu'on a failli se faire virer de la salle.
P.P.-S. : c'est ce genre de choses qui me manquent le plus.

SAMEDI 29 DÉCEMBRE

Chère Cilla,

Il s'est passé quelque chose d'étrange hier. Je voulais t'en parler dans ma lettre précédente, mais je me suis dégonflée. J'ai encore envie de me dégonfler, mais je me force à écrire parce que je suis un peu perdue. Très perdue.

Pendant qu'on faisait de la luge, à un moment je suis tombée. Et pas une petite chute ! J'ai fait un saut périlleux avant d'atterrir la tête la première dans la neige. J'ai eu honte. Il devait y avoir une bosse que je n'ai pas vue. Ça, ou alors j'ai un mauvais karma. Vivek était juste à côté de moi, mais il s'est contenté de rire avec sa voix de fausset et de remonter la pente. Il n'est même pas venu voir si je m'étais fait mal.

June est arrivée une seconde plus tard. Elle n'a pas pris la bosse invisible. Mais elle a couru directement vers moi pour me demander ce qui n'allait pas. Je lui ai montré ma moufle déchirée et aussi le côté où ça me faisait mal, comme si on m'avait frappée avec une batte de base-ball.

Elle m'a fait remarquer que je saignais. Alors elle a touché mon visage, là où c'était éraflé.

Ça m'a fait un peu mal, mais ce n'est pas pour ça que j'ai tressailli. J'ai tressailli parce que June me touchait le visage. Avec ses doigts. J'ai même frissonné, sûrement parce que mon bonnet était tombé dans ma chute.

June aussi a tressailli, et elle a retiré sa main.

On a remonté la colline pour aller acheter des pansements au magasin à côté du lycée. Je n'arrêtais pas de lui jeter des coups d'œil mais elle n'a plus rien dit. Et à un moment, j'ai vu qu'elle me regardait aussi.

Bisou,
Evie

P.-S. : si tu étais là, tu ne me manquerais pas et tu pourrais m'aider à comprendre ce qui se passe avec June.

DIMANCHE 30 DÉCEMBRE

Chère Cilla,

Maman a enfin rencontré June ce matin. Ça ne s'est pas hyper bien passé. J'étais pourtant tellement contente ! C'était la première fois que June venait chez nous, j'avais envie qu'elle s'y sente bien.

Ce n'était pas horrible mais *bizarre*. Vraiment très bizarre.

Maman est sortie de sa chambre (elle s'y terre aujourd'hui parce qu'il y a une journée spéciale autour de l'émission où les gens cherchent des maisons à vendre) quand on était en train de grignoter dans la cuisine. Comme Maman était perdue dans ses pensées, je lui ai présenté June.

Maman a dit qu'elle était contente de la rencontrer et qu'elle avait beaucoup entendu parler d'elle, enfin tous les trucs polis qu'elle sort à tout le monde à l'église. Elle n'a pas regardé June dans les yeux, j'ai trouvé ça malpoli.

Mais ce n'est pas tout. Après, elle a posé LA QUESTION à June. Tu sais, à propos de la chose *la* plus importante au monde.

Maman : « Au fait, June. Je ne t'ai pas vue à l'église ce matin. Tu vas à Saint-Patrick ? »

Moi : (Je m'arrachais les cheveux et je hurlais intérieurement.)

June : « Non, madame, on ne va pas à l'église chez nous. »

Maman a eu l'air étonnée. Pas vraiment fâchée, plutôt incrédule, comme si June venait de lui dire qu'elle n'aimait pas le chocolat, ou quelque chose comme ça. C'est sûr que

Maman a déjà rencontré des gens qui ne sont pas catholiques. Pourtant, je crois qu'elle ne s'attendait pas à ce que *moi* je traîne avec quelqu'un qui ne va pas à l'église.

J'ai prétexté qu'on avait des choses à faire et j'ai entraîné June dans le salon. Je n'ai pas *honte* de June, simplement je ne voulais pas que Maman sache qu'elle est athée.

Dans le salon, June a été si surprise qu'elle s'est arrêtée net et j'ai failli lui rentrer dedans. Je suis tellement habituée à la maison que j'oublie qu'elle peut sembler étrange, vue de l'extérieur. Surtout quand on vient pour la première fois.

La crèche de Noël n'est pas si bizarre, surtout qu'on ne la garde pas toute l'année. Mais c'est sûr que le crucifix au-dessus de la cheminée et le tableau de Jésus ensanglanté sur la croix doivent faire un drôle d'effet. Ça m'arrive de les oublier, puisque je suis là depuis toujours.

Mais tout le monde n'est pas catholique.

Tout le monde ne croit pas en Dieu.

Je crois que June s'en fiche un peu que nous soyons croyants, parce que après avoir scruté nos décorations de Jésus, elle s'est dirigée vers la télé comme si de rien n'était.

C'est quelqu'un de vraiment gentil.

En tout cas, sa présence ici m'a fait voir les choses différemment. Pourquoi est-ce qu'on a un tableau d'un individu en sang dans notre salon ? Maman fait tout un plat dès que je veux regarder un film d'horreur parce que c'est « inapproprié », mais on parle d'un type de trente-trois ans à l'agonie toute une journée. Elle ne me laisse pas lire de livres sur les zombies, mais j'entends l'histoire de la Résurrection tous les ans.

Ce n'est pas logique.

Bisou,
Evie

P.-S. : tu me manques.

MARDI 1ER JANVIER

Chère Cilla,

C'est le premier jour de l'année. Hier j'ai été invitée à une fête chez Katie. Papa et Maman m'ont autorisée à y aller même s'il y avait la messe du Nouvel An ce matin. Ils m'ont seulement fait promettre que les parents de Katie me déposeraient à l'église à 9 heures. Mme Foley n'était pas trop enthousiaste à cette idée, donc finalement Maman a accepté de venir me chercher. Je parie que Mme Foley voulait dormir. Et moi aussi ! J'ai hâte d'être adulte pour pouvoir sécher la messe quand j'ai envie.

Maggie a dormi chez Katie aussi. (June était malade.) Elle a apporté son sac de couchage tout neuf. Il est brillant, bordeaux, avec des fermetures argentées. Moi j'ai toujours mon vieux Cendrillon déchiré. Je suis presque trop grande pour rentrer dedans, mais ça m'aurait fait bizarre de prendre le tien. C'est pareil avec toutes tes affaires, en fait. Je n'ai pas touché au pendentif flocon que je t'empruntais toujours.

Ben, le petit frère de Katie, est resté avec nous toute la soirée mais il ne nous a pas embêtées. Il a gagné à tous les jeux de société. On a joué à Blokus, aux Colons de Catane et à Twister, et puis on a commandé à manger chinois. Les Foley nous ont servi du cidre dans des verres à pied sur des petits plateaux. Ils avaient même installé un bar à sundaes avec trois saveurs de glaces différentes (vanille, fraise et menthe-chocolat), des éclats d'Oreo, des mini M&M's,

des vermicelles multicolores, de la crème Chantilly et des cerises ! Pas de noix, parce que Ben est allergique.

Il est allé se coucher à 22 heures (il s'est endormi sur le canapé et son père a dû le porter à l'étage), et nous, on a regardé le décompte de Times Square à la télé. On avait des chapeaux pointus, des langues de belle-mère et des confettis. Les Foley adorent le Nouvel An.

Nous aussi, on adorait. Tu te souviens quand j'avais sept ans et toi onze, et que Papa et Maman ont loué le gymnase ? Ils avaient invité tous leurs amis de l'université et de l'église et réussi à convaincre la direction de monter la température à 26 degrés ? Je portais mon short préféré à rayures violettes (quelle tristesse qu'il soit devenu trop petit) et un débardeur ; toi, ta robe d'été jaune et blanche, qui s'est déchirée avant que tu puisses me la donner. On avait joué au foot et au basket toute la nuit et on est rentrées à la maison avec des taches de gazon synthétique sur les genoux.

C'était génial.

L'année suivante était fantastique aussi, quand Papa et Maman ont décidé qu'un seul Nouvel An estival ne suffisait pas. Toute ma classe m'avait trouvée trop cool de les inviter à une fête en maillot de bain et avec des glaces.

(Enfin sauf quand tu as avalé trois énormes sundaes d'un coup et que tu as vomi sur le canapé du salon. Je n'ai pas pu avaler une cuillerée de glace pendant un mois après. Beurk.)

Hier, Papa portait un gros manteau quand il m'a déposée chez Katie. Pas de chemise hawaïenne kitsch, pas de lunettes de soleil. À la maison, il faisait 19 degrés et il n'y avait pas de flamants roses gonflables devant la porte.

Je n'avais pas envie de sourire, même si Katie et Maggie n'ont pas arrêté d'essayer de me faire souffler dans ces satanées langues de belle-mère. J'ai fait semblant de m'amuser et j'ai crié le compte à rebours avec les autres, mais secrètement, j'étais soulagée d'aller me coucher, même dans mon vieux sac de couchage.

Je suis contente que cette année prenne fin, mais je ne suis pas impatiente de démarrer la nouvelle. C'est mon premier Nouvel An sans toi. Et ça ne me plaît pas.

Bisou,
Evie

P.-S. : tu me manques.

JEUDI 3 JANVIER

Chère Cilla,

Katie et Maggie veulent que June et moi passions le casting avec elles pour la comédie musicale du collège. Mme Harper nous a parlé du spectacle pendant le cours de musique et elles sont trooooop excitées ! Les auditions ont lieu à la fin du mois, on monte *La Belle et la Bête*. J'ai vu le Disney un million de fois, jamais la pièce. Je parie que c'est presque la même chose.

J'ai un trac terrible, mais je crois que j'ai envie de le faire. Sauf que, voilà le problème : il faut l'autorisation des parents et j'ai peur de leur demander. Tu as rencontré Alex quand vous montiez la comédie musicale du lycée. Et si leur parler de *La Belle et la Bête* leur rappelle ce qui s'est passé et qu'ils se remettent en colère ?

June est venue à la maison hier. On a fait des cookies aux flocons d'avoine et aux raisins. On s'est servies de la recette de Maman, mais elle ne nous a pas aidées. Pourtant elle est restée dans la cuisine tout ce temps, à lire un livre.

Enfin, plus ou moins. Elle n'arrêtait pas de nous épier. C'était gênant.

Je ne suis pas habituée à ce que Maman soit si souvent à la maison. Avant, elle passait son temps à te conduire en ville pour tes activités. Mais tu es partie. Et Maman est là. *Tout le temps.*

Et être avec une nouvelle copine alors qu'un parent rôde dans le coin, c'est embarrassant. Enfin, June n'est plus vraiment une « nouvelle » copine. On se connaît depuis quatre mois maintenant. Plus, même, si on compte les fois où on s'est croisées cet été. Je lui parle plus qu'à Katie ou Maggie, ces derniers temps. Surtout qu'on a passé toutes les vacances d'hiver ensemble.

Les cookies étaient réussis. J'aimerais pouvoir t'en envoyer un avec cette lettre, mais l'enveloppe n'est pas assez grande.

Bisou,
Evie

P.-S. : tu me manques.
P.P.-S. : tout est de nouveau normal après l'épisode bizarre de la luge. C'est mieux. Bien mieux.
P.P.P.-S. : June m'a dit que la prochaine fois que j'irais chez elle on regarderait un film d'horreur. Un super dégueu avec un monstre et une tronçonneuse. Ça a l'air effrayant mais cool. Et Papa et Maman n'en sauront jamais rien !

MERCREDI 16 JANVIER

Chère Cilla,

Ton bébé a quatre mois maintenant. J'ai lu un article sur ce que font les bébés à quatre mois.

1. Ils sourient et gazouillent tout le temps.
2. Ils commencent à secouer des hochets et saisissent des objets. Ils attrapent des petits objets qu'ils essayent de mettre à la bouche. Il faut faire très attention à ne rien laisser traîner.
3. Leur vue s'améliore. Avant, ils voyaient des formes floues et maintenant ils distinguent les couleurs.
4. Ils nous suivent des yeux dans la pièce.
5. Ils commencent à émettre des sons comme « mama » ou « papa ».

Je n'arrête pas de penser à comment ce serait si tu n'étais pas partie. Et si tu avais décidé de garder le bébé. Tu vivrais dans la chambre voisine. Il y aurait un berceau dans la pièce, avec un mobile rose et vert. Je parie que tu aurais remplacé toutes tes affiches de Broadway par des posters d'animaux de la ferme.

Peut-être qu'Alex dormirait avec toi, ça me fait bizarre d'y penser. Mais je suis sûre que je m'y habituerais.

Il y aurait une poussette dans le garage. J'emmènerais ton bébé se promener pendant que tu ferais la sieste, puisque tu aurais passé la nuit à l'allaiter.

Tu me demanderais de changer ses couches tout le temps et je râlerais, mais en vrai ça ne me dérangerait pas, parce que tu serais très occupée entre le lycée, les devoirs, les répétitions et ta fille.

Ta fille.

Ça sonne toujours aussi étrange.

Mais ce n'est plus ta fille. C'est la fille de quelqu'un d'autre.

Est-ce que c'est triste de penser qu'elle dit « mama » à quelqu'un d'autre ? Que les couleurs qu'elle commence à distinguer sont celles des vêtements de quelqu'un d'autre ? Que ses yeux suivent quelqu'un d'autre dans la pièce ? Qu'elle sourit à une autre maman ?

Moi ça me fait bizarre, pourtant elle n'a pas été dans mon ventre pendant neuf mois. Mais elle faisait quand même partie de moi. J'ai pensé à la vie qu'elle aurait pu avoir. J'y ai beaucoup pensé. Et puis tout a disparu.

Je ne comprends pas pourquoi tu as changé d'avis. Je croyais que tu voulais la garder. Je croyais que tu voulais épouser Alex. Qu'est-ce qui t'a fait changer d'avis ?

J'ai posé des questions sur le bébé à Papa, une fois. Où elle est ? Qui sont ses parents maintenant ? Il ne m'a pas dit grand-chose.

« On est passés par une agence. » Il a dit que ça n'avait pas d'importance quand j'ai demandé quelle agence et comment ils travaillaient. Parce que le bébé avait une autre famille qui n'était pas nous, à présent. Puis il s'est enfermé dans son bureau toute la soirée. Je ne comprends pas pourquoi il n'a même pas voulu me dire le nom de l'agence.

Peut-être qu'il s'en fiche.

Peut-être que tu t'en fiches aussi.

Parce que tout ce que j'obtiens de tout le monde, maintenant, c'est le silence.

Bisou,
Evie

P.-S. : tu me manques.

VENDREDI 18 JANVIER

Chère Cilla,

Maman et Papa ont dit oui pour la comédie musicale ! Maintenant que je vais vraiment passer les auditions, je stresse à mort. Je ne chante pas très bien. Pas comme toi. J'ai l'air d'un oiseau qu'on étrangle quand j'ouvre la bouche. Je pourrais peut-être faire du playback dans le chœur.

Je parie que Maggie va décrocher le premier rôle. C'est la seule de notre classe à prendre des cours de chant. Elle veut chanter un air d'opéra de son dernier concert pour l'audition. J'aimerais bien pouvoir me contenter de chanter « Joyeux anniversaire ». Je me demande si on a le droit.

C'est la première fois qu'on monte une pièce au collège. Maggie dit que c'est parce que celle du lycée est toujours extraordinaire. Ils veulent faire un « programme préparatoire » pour qu'on soit déjà bons en arrivant au lycée.

Maggie sait déjà tout ce qui va se passer. Sa grande sœur était dans *West Side Story*, l'année dernière. Tu connais Hannah. D'ailleurs, c'est toi qui étais censée être Maria avant de laisser tomber.

« Tu dois choisir un monologue qui montre ton sens de l'humour. »

C'est ce que m'a conseillé Maggie au déjeuner hier. Je triturais mon sandwich au thon qui sentait fort. (Est-ce que tu es obligée de manger du poisson le vendredi à l'internat ? Est-ce que toute la cantine sent la marée ?)

Maggie s'est tournée vers Katie.

« Et toi, tu devrais trouver quelque chose de dramatique. Pour montrer que tu peux pleurer sur commande. »

Katie s'est tournée vers moi. Elle avait les larmes aux yeux. C'est plutôt cool mais clairement pas quelque chose que j'aimerais apprendre à faire. J'ai assez pleuré ces derniers temps.

June a dit qu'elle allait écrire son propre monologue. Ça me paraît difficile, mais je parie qu'elle y arrivera. Elle a dit qu'elle m'aiderait à trouver un monologue amusant. C'est bien, parce que je ne me sens pas franchement drôle en ce moment. Ça t'arrive encore de rire tellement fort que tu renifles comme un cochon ? Avant, je trouvais ton rire pénible, mais j'adorerais l'entendre à nouveau.

Bisou,
Evie

P.-S. : tu me manques.

MARDI 22 JANVIER

Chère Cilla,

Hier soir j'ai demandé à Maman si elle avait déjà regardé des films d'horreur quand elle était petite. C'était mon plan pour les convaincre de me laisser en voir un avec June. Je me sentais trop mal à l'idée de le faire dans leur dos. Mais elle a secoué la tête (ses cheveux ont volé partout).

« Tout ce sang et ces entrailles me donnent envie de vomir. »

Je l'ai crue, parce que tout la rend malade : lire en voiture, être assise à l'arrière, tous les manèges du parc d'attractions. Donc les films d'horreur doivent être terribles pour elle.

Mais ça m'a donné à réfléchir. Papa et Maman ont bien été des enfants à un moment, non ? Des ados, aussi. Ils ont bien dû faire des bêtises. Ils n'ont pas pu naître comme ça, en parents impeccables et irréprochables. Tout le monde fait sa crise d'adolescence, non ?

Je le leur ai demandé avant d'aller me coucher. Papa travaillait sur un dossier et Maman faisait des mots croisés. Son stylo filait sur la grille.

Elle savait quand elle avait raison parce que les mots concordaient. Elle savait quand elle avait tort quand elle découvrait cinq consonnes à la suite.

Ça doit être agréable quand tout est logique comme ça. De comprendre pourquoi tout se passe d'une certaine manière.

Ils ont tous les deux levé la tête à mon arrivée.

— Vous avez déjà fait quelque chose de mal ? j'ai demandé.

— Comme quoi ? a demandé Papa.

C'est là que j'ai commencé à être mal à l'aise. Je ne voulais pas poser de question précise. Sinon, ils allaient croire que *moi* j'avais fait des bêtises. Ou mes amies. Alors j'ai fait machine arrière.

— Je ne sais pas. Des trucs. Quand vous étiez jeunes. Des trucs que... vous n'aviez pas le droit de faire ?

Comme Cilla. Je ne l'ai pas dit, mais j'espérais qu'ils l'aient entendu. J'ai continué :

— Et on vous a pardonné, hein ? Parce que tout le monde commet des erreurs ?

Je ne crois pas qu'ils l'aient entendu en fait. Parce que Papa s'est mis à me demander si j'avais fait une bêtise. Et Maman m'a dit que je pouvais toujours leur parler si j'éprouvais des émotions dont je n'étais pas fière.

— Ou tu pourrais parler au père O'Malley, a suggéré Papa.

C'est ça, oui. Comme si j'allais parler à un prêtre – quelqu'un qui a fait vœu d'aimer seulement Dieu pour l'éternité – de mes sentiments.

Lui raconter comment je me sens... peut-être.

Ils m'ont dévisagée comme si *j'avais* un secret.

Alors que pas du tout.

Et même si c'est le cas, je ne leur en parlerai jamais.

Regarde ce qui s'est passé quand tu l'as fait.

Bisou,
Evie

P.-S. : tu me manques.

P.P.-S. : je vais quand même aller voir un film d'horreur ce week-end. Ce qu'ils ne savent pas ne peut pas leur faire de mal.

JEUDI 24 JANVIER

Chère Cilla,

J'ai enfin trouvé un bon monologue. Il était temps, parce que les auditions ont lieu lundi prochain ! C'est une fille qui reçoit un chien à son anniversaire et qui parle de tous les trucs rigolos qu'il fait dans la maison. Ça nous a pris deux semaines, à June et moi, pour le trouver, et j'ai super peur de ne pas arriver à m'en souvenir. Mais je crois que je peux le faire. Je l'ai récité et je ne me suis trompée que trois fois. Il ne dure que trois minutes, donc c'est bien.

June a rigolé *cinq* fois quand je l'ai récité devant elle. J'avais le trac, mais elle m'a donné l'impression que j'étais une vraie comédienne. On était au sous-sol, June sur le canapé, moi sur la marche de la cheminée comme si c'était la scène. Au début c'était un peu gênant, puis j'ai oublié sa présence. Au bout d'un moment, je m'attendais presque à voir un chien apparaître devant moi !

June garde son monologue secret jusqu'aux auditions. J'ai dit que ce n'était pas juste, mais elle veut surprendre tout le monde. J'ai fait semblant d'être fâchée alors que pas du tout. June est trop gentille pour que l'on se fâche contre elle. Après, on a regardé la télé jusqu'à ce que Maman me crie que c'était l'heure du caté. (Je parie que ça ne te manque pas, hein ?)

Et tu sais quoi ? June ne savait pas ce qu'est le caté. Les athées ont de la chance. Ils ne sont pas obligés de passer des heures assis sur des chaises en bois inconfortables à écouter l'histoire des saints pendant que tout le monde s'amuse dehors.

June ne connaît pas non plus la prière à saint Antoine. Je l'ai dite l'autre jour quand j'avais perdu mon manuel de SVT, et elle m'a dit que c'était bête de demander à un saint de retrouver mes affaires.

— Pourquoi tu ne le cherches pas, tout simplement ? a-t-elle demandé.

Elle n'a pas tort. Pourquoi est-ce qu'on demande de l'aide aux saints et à Dieu ? Pourquoi j'ai besoin du saint patron des objets perdus pour retrouver quelque chose pour moi ? Je ne peux pas faire les choses moi-même ? (J'espère vraiment que Maman et Papa ne vont pas tomber sur cette lettre. Ils me tueraient s'ils savaient que j'ose penser ça.)

Parfois j'ai l'impression que je devrais parler de June aux parents. De son athéisme, je veux dire. Mais je n'ai pas envie. Maman se comporte déjà bizarrement en sa présence. Je ne peux pas leur raconter cette histoire d'athéisme en plus. Tu penses qu'ils pourraient m'empêcher de la voir ? Je ne peux pas me permettre de leur en parler. De toute façon, ça ne les regarde pas, ce que June croit ou non.

Et puis même si la Bible dit que tous les athées iront en enfer, moi je n'y crois pas. Je n'y ai jamais lu ce passage, donc peut-être que ce n'est pas dedans. Ce n'est qu'une rumeur qu'on a inventée et qui a survécu depuis l'époque de Jésus. Tout le monde *croit* que c'est dans la Bible alors qu'en fait pas du tout.

Peut-être.

Du coup je me pose des questions sur la Bible. Papa et Maman disent que c'est super important. Mais ce ne sont que des mots que quelqu'un a écrits, exactement comme j'écris cette lettre.

Et si tout était inventé ?

J'ai envie d'effacer ça, mais je ne le fais pas. Je n'arrête pas d'y penser, alors pourquoi pas l'écrire ? Et puis Dieu est-il bien réel ? Parce que s'Il existe, pourquoi t'a-t-Il laissée tomber enceinte ? Pourquoi tu n'es pas là maintenant ?

Bisou,
Evie

P.-S. : tu me manques.
P.P.-S. : June portait un tee-shirt rayé marron et bordeaux aujourd'hui, qui mettait super bien ses yeux en valeur. Je le lui ai dit mais après je me suis sentie bizarre. Est-ce qu'on peut dire ça à une fille ? Tu dis à tes copines qu'elles sont jolies, toi, non ?
P.P.P.-S. : je me suis fait enguirlander au caté aujourd'hui parce que je « rêvassais ».

MARDI 29 JANVIER

Chère Cilla,

Je n'ai pas eu de rôle. Je n'ai pas été nulle, mais je n'ai pas été géniale non plus, pas comme Maggie, avec son air d'opéra. Tout le monde l'a applaudie. Miri a chanté *I Dreamed a Dream*, de la comédie musicale *Les Misérables*, et c'était beaucoup mieux que la fille qui le chante dans le film. June et moi on a décidé aussi de faire un duo. On a chanté *Ce rêve bleu* d'*Aladdin*. Elle a fait Jasmine et moi Aladdin. Je voulais être Jasmine, mais June a la voix plus aiguë que moi.

Personne n'a rigolé pendant mon monologue. Enfin, sauf June, mais je savais déjà qu'elle le trouvait drôle. Ce n'est pas grave, parce que j'ai aussi été la seule à rire quand elle est passée. Le sien parlait d'un voyage en voiture avec sa famille quand elle était petite, pendant lequel ils sont tombés en panne d'essence au milieu de nulle part, et qu'un type déguisé en clown pour une fête d'anniversaire s'est arrêté pour les aider. J'ai ri parce que je sais que June avait peur des clowns quand elle était petite, et je me l'imaginais très bien en train de paniquer. Mais je crois que personne d'autre n'a compris.

Bref. On n'est pas obligées d'être dans la pièce. On va bien plus s'amuser dans l'équipe technique. June m'a persuadée de m'inscrire quand la liste du casting a été affichée. Il y avait une feuille à côté pour les volontaires. On va fabriquer et peindre les décors et être responsables de *toute* la scène le soir du spectacle. C'est mille fois mieux que de stresser à se rappeler des tas de répliques et comme ça personne ne saura que je chante comme une casserole. En plus je vais passer tout mon temps avec June.

On s'est aussi portées volontaires pour créer le logo pour les tee-shirts de l'équipe. La mère de June va nous aider. J'ai hâte !

Bisou,
Evie

P.-S. : tu me manques.
P.P.-S. : réponds vite ! Je veux savoir tout ce que tu fais au lycée. Est-ce qu'il y a des activités ? Une comédie musicale ? J'aurais bien aimé que tu ne laisses pas tomber *West Side Story* quand tu étais enceinte. Tu aurais été géniale en Maria.

JEUDI 7 FÉVRIER

Chère Cilla,

Si tu étais là, on fabriquerait des cartes de Saint-Valentin ensemble. Comme on faisait chaque année, même quand tu es entrée au lycée. La première fois, un garçon de ta classe s'est moqué de toi parce que tu en avais distribué. J'ai oublié son nom. Brett, ou Brad ou Brandon. Un truc comme ça. Je parie que toi tu te rappelles.

Ce n'est pas drôle quand on se moque de nous. Pendant les auditions, j'avais peur d'être pétrifiée et d'oublier toutes mes répliques, ou de faire pipi dans ma culotte, par exemple. Tout le monde se serait moqué de moi pour le restant de l'année. Alors j'ai essayé de penser à toi. Tu m'aurais dit de les ignorer. Mais ce n'est pas si facile en cinquième. Il y a encore des gens qui parlent de la fois où Lila Chadwick s'est assise sur un chocolat et ne l'a pas remarqué pendant toute la journée. Personne n'oublie rien en cinquième. Ça s'arrange sûrement au lycée.

J'espère.

Ça s'arrange forcément, sinon pourquoi aurais-tu continué à fabriquer des cartes après que BrettBradBrandon t'a traitée de ringarde ? Tu en as fait l'année suivante. Le gros cœur violet avec la dentelle rose par-dessus. Le turquoise avec les perles de couleur tissées autour. Le jaune à paillettes dorées. Je me souviens que tu avais utilisé le stylo de calligraphie que Mamie t'a offert pour celui-ci. Tu as toujours été meilleure que moi en calligraphie. Moi, on dirait une langue étrangère quand j'essaie d'écrire comme ça.

Je me souviens que l'année dernière on a fait des cookies à trois parfums différents aussi. On les a recouverts de glaçage rose et j'en ai mangé tellement que quand les parents sont rentrés pour le dîner je n'avais plus faim. Mais Maman en a pris un de chaque quand même.

« Un pour l'apéritif, un pour le repas et un pour le dessert », elle avait dit.

Ils ne font plus rien de drôle comme ça, maintenant. Papa travaille tout le temps. D'accord, c'est la saison des impôts, mais il est au travail bien plus souvent que d'habitude. Il ne va même plus à l'ultimate. Il se plaint de perdre la forme, mais passe son temps à traîner dans la maison et à regarder *Star Wars* en boucle – quand il a le temps.

Maman cuisine et regarde des tas d'émissions de déco. Et elle dit que je regarde trop la télé ! Grâce à elle, je peux maintenant te dire quel genre de douche et de toilettes tu dois installer dans n'importe quel style de salle de bains.

Si tu te fichais que BrettBradBrandon se moque de toi pour les cartes de Saint-Valentin, pourquoi tu avais si peur qu'on sache que tu étais enceinte ? J'ai l'impression qu'on était dans un spectacle de magie et tout à coup, pouf ! tu as disparu. Comme si Papa et Maman étaient des magiciens et toi un lapin pas assez bien pour leur petit spectacle.

Si tu n'avais pas accepté de t'en aller, ça aurait été différent. Les gens auraient fini par oublier le bébé. Tu serais avec moi et il y aurait de la colle, des perles et des pompons partout dans la maison. Maman râlerait parce qu'elle retrouverait des paillettes sur la moquette jusqu'à l'année prochaine, et Papa serait en train de se préparer pour son match amical.

Au lieu de ça, Papa est au travail. Maman et moi avons mangé un reste de lasagnes qu'elle a sorties du fond du congélateur. (Plein de cristaux de glace et un goût de tomate en carton.) Et moi je signe des cartes de Saint-Valentin du magasin avec Ariel et Polochon dessus. (C'étaient les seules qui restaient.)

Bisou,
Evie

P.-S. : les paillettes me manquent. Tu me manques.

JEUDI 14 FÉVRIER

Chère Cilla,

Si tu te demandais pourquoi j'écris encore des cartes de Saint-Valentin alors que je suis en cinquième : c'est à cause de M. Barrett. Il adore décorer sa salle à chaque fête. Son tableau d'affichage est couvert de papier rouge brillant depuis deux semaines. Il nous a fait décorer de petites boîtes à lettres pour notre fête de Saint-Valentin et puis on s'est échangé des cartes comme à la maternelle. On était les seuls cinquième à le faire.

Tout le monde a fait comme si c'était débile, mais c'était très chouette. Surtout qu'on est la seule classe à avoir fait une fête. Il y avait plein de gâteaux ! Miri a apporté des cupcakes red velvet en disant que c'était des gâteaux préparés par un chef, mais ils avaient le goût des mélanges tout prêts du magasin que Maman utilise quand elle n'a pas le temps de cuisiner. Joey Witter a apporté des bâtonnets de bretzels qu'on a trempés dans du glaçage et recouverts de vermicelles en sucre rouge. J'étais censée apporter tes cookies préférés au beurre de cacahuète, mais chaque fois que j'ai demandé à Maman, elle n'a pas arrêté de changer de sujet. Et après c'était trop tard pour s'en occuper. J'ai dû aller au supermarché acheter une salade de fruits, avec des bouts d'ananas déjà marron.

Mais ça n'a pas été le moment le plus embarrassant. Le pire, ça a été plus tard, après le déjeuner. Le conseil des élèves organise un truc qui s'appelle Fleurs-express.

Ils faisaient ça aussi quand tu étais au collège ? On peut acheter une fleur et l'envoyer à quelqu'un. Les quatrième en ont parlé toute la semaine dans les couloirs. J'en ai acheté une pour Katie, une pour Maggie et une pour June. Et elles m'en ont toutes acheté une aussi, mais j'en ai reçu une autre de Joey Witter !

Il m'a souri quand j'ai regardé la signature.

C'était embarrassant parce que moi je ne l'aime certainement pas comme ça.

Alors j'ai caché sa fleur sous la table et j'ai gardé les trois autres dessus. Il a arrêté de sourire.

C'est sûrement méchant de ma part, mais je ne savais pas quoi faire d'autre. Je ne veux pas qu'il croie que je suis amoureuse de lui.

Bisou,
Evie

P.-S. : tu me manques. J'espère que tu vas recevoir mes lettres bientôt.

VENDREDI 15 FÉVRIER

Chère Cilla,

Joey Witter est venu à notre table à l'heure du déjeuner aujourd'hui. Il s'est planté à côté de moi. Il était tellement près que je sentais son haleine au beurre de cacahuète. Il sentait aussi le déodorant qu'ils vendent à la caisse de la parapharmacie. Celui dont s'aspergeait Alex quand vous avez commencé à sortir ensemble.

Joey m'a posé des questions sur les devoirs de maths, alors qu'il savait très bien qu'on n'en avait pas à faire. Il avait crié « Super ! » en classe quand Mlle Pasquale nous l'avait annoncé... Là, il avait la voix toute tremblante en me parlant. Puis il est devenu rouge comme une tomate et il est parti d'un coup.

Argh. ARGH, ARGH, ARGH. Je crois qu'il est amoureux de moi.

Tu vois, c'est maintenant que j'aimerais bien que tu sois là. Je pourrais me mettre sur ton lit pour te regarder faire tes devoirs et te demander l'air de rien comment on s'y prend pour empêcher un garçon d'être amoureux de soi. Ou on pourrait aller courir ensemble (ou faire du vélo) et parler de *pourquoi* je n'aime pas Joey. Katie et Maggie disent qu'il est super beau ; moi, ça ne me frappe pas. Peut-être que je suis trop occupée à m'étouffer avec son déo.

Je ne peux pas poser ce genre de questions à Papa et Maman. Ils me diraient qu'en cinquième, c'est trop tôt pour penser aux garçons. Ou alors ils se mettraient à paniquer à l'idée que je tombe enceinte ou je ne sais quoi. Ce serait inutile puisque je n'aime *pas* les garçons comme ça pour le moment. Ils puent, ils pètent et ils rotent tout le temps. En plus je ne vois pas ce qu'il y a de beau à avoir les cheveux gras qui ont l'air de ne pas avoir été coiffés depuis Noël.

Toi tu ne réagirais pas comme Papa et Maman.

Je peux toujours aller dans ta chambre, me promener à vélo ou courir dehors. Mais tu n'es pas là pour le faire avec moi. Tu n'es pas là pour parler avec moi.

Bisou,
Evie

P.-S. : tu me manques.
P.P.-S. : et je n'ai toujours pas reçu de lettre de toi.

SAMEDI 16 FÉVRIER

Chère Cilla,

Sur la boîte aux lettres près du collège, il y a marqué que le courrier est relevé tous les jours à 11 heures et 16 heures. Ça veut dire qu'une de ces lettres t'est forcément parvenue. *Toutes* ces lettres devraient te parvenir. Tu n'es plus dans une ferme au fin fond de la campagne, alors pourquoi tu ne réponds pas ? J'ai parlé de voleur de courrier pour rire, mais peut-être qu'il y en a un pour de vrai.

Ou peut-être que le facteur ne fait pas bien son travail.

Ce serait bien si je n'étais pas en cours à l'heure des levées du courrier. Je pourrais surveiller la boîte et résoudre enfin le mystère des lettres fantômes. Ou alors hurler sur le facteur.

Ceci dit, 11 heures c'est l'heure où je déjeune. Je me demande si je pourrais sortir en douce. Les quatrième le font tout le temps. Ils se planquent derrière les voitures des profs sur le parking pour éviter le gardien et ils passent par le trou de la clôture jusqu'au Dunkin' Donuts du bout de la rue. On reconnaît toujours ceux qui y sont allés parce qu'ils sentent le donut toute la journée. Le donut *glacé au sucre*. Mon préféré.

Miri est allée avec eux la semaine dernière. Elle est amoureuse d'un quatrième qui s'appelle Nolan. Il fait du football américain et Miri dit qu'il va être quarterback dans l'équipe du lycée. À mon avis, elle raconte n'importe quoi. Parce que Nolan est vraiment minus. (En plus c'est un crétin. Miri est la seule cinquième à qui il daigne adresser la parole.)

Peut-être que tu n'as pas le droit de m'écrire ? Maman a dit que tu n'avais pas d'adresse mail, mais c'est possible qu'ils ne te laissent pas écrire de lettres non plus. Tu es peut-être enfermée dans un cachot lugubre, enchaînée à un mur ! Peut-être que ce n'est pas toi qui as décidé de ne pas revenir. Peut-être que tu es prisonnière !

Je crois que le film d'horreur qu'on a regardé hier soir me monte à la tête. June m'a persuadée d'en regarder un autre avec elle, même si le premier m'a traumatisée. Celui-ci était vraiment vieux, mais elle a dit que c'était son préféré. Je n'ai pas pu supporter plus d'une demi-heure, j'ai dû m'agripper à son bras. Le masque de fantôme était trop flippant. June a été sympa. Elle a arrêté le film et m'a fait un câlin.

J'ai sursauté un peu et elle s'est écartée en croisant les bras autour d'elle.

— C'était bizarre ? elle a demandé. Parce que, euh, je n'aurais peut-être pas dû.

— Non, ça va, j'ai dit. Enfin sauf si tu, euh, ne voulais pas le faire. Enfin, les amies se font des câlins, non ?

Elle a hoché la tête.

— Si.

— Oui.

On n'a rien dit d'autre après ça et je ne voulais plus regarder le film d'horreur alors on a regardé des vidéos marrantes en ligne. Puis je lui ai montré le site de ton lycée.

Sur les photos, Saint-Augustin n'a pas l'air affreux. On dirait Poudlard, avec toutes les tourelles et les murs de pierre. Les grandes pelouses et les statues. Bon, il manque le stade de quidditch. Et la cabane de Hagrid.

Parfois, j'aime bien faire comme si tu étais vraiment à Poudlard. (Ne le dis à personne, on se moquerait de moi, c'est clair.) Je fais comme si Maman et Papa étaient les Dursley et qu'ils t'avaient chassée parce que tu avais des pouvoirs magiques à la place d'un bébé. C'est chouette de penser que tu vis des aventures comme Harry, Ron et Hermione au lieu d'être coincée dans un internat alors que ton bébé te manque.

Je me demande si Dumbledore serait passé par une agence d'adoption si les Dursley n'avaient pas été là. Hier soir, j'ai demandé à Maman comment ça marchait les adoptions, pendant qu'elle faisait la vaisselle. Enfin, je sais qu'on donne des bébés à des parents mais je ne connais pas les détails. Par exemple, est-ce que ça coûte de l'argent ? Qu'est-ce qui se passe si le bébé grandit et qu'il veut retrouver ses parents biologiques ? Ou si la tante veut retrouver le bébé ?

Maman m'a dit que ce serait impossible. Puis elle s'est mise à frotter la casserole si fort qu'elle a sûrement arraché le revêtement.

Bisou,
Evie

P.-S. : tu me manques. S'il te plaît, jette un sort et reviens vite à la maison.
P.P.-S. : parfois je fais comme si *ma* lettre de Poudlard était en route aussi. Mais toujours aucun hibou en vue.

DIMANCHE 17 FÉVRIER

Chère Cilla,

J'ai un plan !

En fait, c'est June qui me l'a suggéré. (Elle est vraiment douée pour faire les choses en douce. On a regardé *trois* films d'horreur et Maman et Papa n'en ont rien su ! J'ai aussi fait trois cauchemars.) June a décidé qu'on devrait surveiller la boîte aux lettres. Elle est juste en face du collège, ce qui veut dire que n'importe qui peut nous voir et donc je suis *ultra* nerveuse. Si un prof regarde par la fenêtre au mauvais moment, c'est la fin.

Punie à VIE. Ou pire.

Mais je dois savoir pourquoi mes lettres ne te parviennent pas.

(Ne pas revenir à la maison est une chose, couper tout contact en est une autre. Et je sais que tu ne ferais jamais ça. Je le sais comme tu le savais quand tu disais qu'Alex était « l'amour de ta vie ».)

On va sortir du collège après le cours de littérature. Personne ne remarquera notre absence dans le bazar du couloir, et si les surveillants de la cantine posent une question, Katie et Maggie trouveront une excuse. Je leur ai dit que ce serait un bon entraînement pour leur pièce.

Bien sûr, elles ont tout de suite accepté. Elles sont obsédées par cette pièce. Ça en devient pénible. Elles ne parlent que de ça. Quand on traîne ensemble après les cours, elles passent leur temps à chanter. Heureusement que June est là.

J'ai inventé quelque chose quand Katie a demandé où j'allais. Elles ne savent pas que je t'écris. Elles ne savent même pas ce qui t'est arrivé. Comme la plupart de tes copines, elles croient que tu as passé tout l'été en voyage caritatif et qu'après tu as décidé de changer de lycée. Elles ne sont pas au courant pour le bébé, ni que nous ne nous sommes pas parlé depuis.

Elles ne savent pas que tu me manques encore plus que les bonbons que Maman m'interdit de manger pendant le carême.

Il n'y a qu'à June que je peux tout dire. Je ne la connais que depuis six mois, mais elle me comprend, tu vois ? Peut-être que c'est parce que son père est décédé quand elle était petite. Il a été écrasé par un conducteur ivre alors qu'il était à vélo et il est mort sur le coup. C'est l'histoire la plus triste du monde, tu ne trouves pas ? June n'a pas pleuré quand elle me l'a racontée. Elle a dit qu'elle n'avait que deux ans à l'époque et qu'elle ne se souvient plus du tout de lui. Je lui ai pris la main et je lui ai dit que j'étais désolée. Elle n'a pas retiré sa main. Elle a les mains très douces. Et les ongles plus longs que les miens. Ils étaient peints en bordeaux ce jour-là.

Est-ce que tu as le droit de te mettre du vernis à Saint-Augustin ? J'espère que oui. Je parie que tu as bien besoin d'un peu de paillettes dans cette prison.

Je vais mettre cette lettre dans l'enveloppe. Si tu la reçois, c'est que notre plan a fonctionné.

Bisou,
Evie

P.-S. : tu me manques vraiment, vraiment beaucoup. Si tu reçois cette lettre, tu m'appelleras ? Notre numéro de téléphone n'a pas changé.

MARDI 19 FÉVRIER

Chère Cilla,

Joey Witter m'a laissé un mot sur mon bureau aujourd'hui. Avec un cœur dessus. Un cœur au crayon bleu foncé. Et un bonbon en forme de cœur scotché dessus. Ça disait « Est-ce que tu veux sortir avec moi ? » en lettres blanches.

Joey est deux places derrière moi. Quand je me suis retournée, il était tout sourire. Il avait les cheveux brossés en arrière et il portait une chemise à la place de ses tee-shirts de foot habituels. C'était super bizarre.

J'avais entendu Miri et Zoe dire qu'il était très beau, un peu plus tôt, mais moi je n'ai pas trouvé. Surtout qu'il n'arrêtait pas de me fixer comme ça. Et qu'il avait un bout de salade coincé entre les dents en prime. Je n'ai pas su quoi faire. Est-ce que j'étais censée manger le bonbon ? Je ne voulais pas parce que :

1. C'était un vert, au goût de dentifrice.
2. Il avait l'air dur et poussiéreux, comme s'il avait passé plusieurs jours dans la poche de Joey. Est-ce que j'étais censée lui déclarer mon amour ? Parce que je ne l'aime pas, c'est sûr. Je ne l'apprécie même pas. Il ne parle que de foot et de pêche. La pêche, ça me dégoûte. Avec tous les asticots et les entrailles de poissons.

Du coup je l'ai ignoré, comme je l'évite chaque fois qu'il essaie de me parler dans le couloir. Je n'ai même pas souri.

Alors il a arrêté de sourire aussi. J'espère qu'il a enfin compris le message.

Je me sens un peu mal d'être méchante avec lui, mais pas tant que ça. Parce que si je sors avec Joey, je ne pourrai plus sortir avec personne d'autre. Si j'aimais quelqu'un d'autre, bien sûr.

Bisou,
Evie

P.-S. : tu me manques.
P.P.-S. : demain c'est l'opération Surveillance de la boîte aux lettres !

MERCREDI 20 FÉVRIER

Chère Cilla,

Bon, on a *essayé*. On avait un plan :

Étape 1 : À la sonnerie, on se sépare. June va aux toilettes et moi à mon casier. Comme ça M. Barrett ne nous voit pas partir ensemble.

Étape 2 : On se retrouve devant le gymnase. Il y a trente centimètres de neige, donc tous les cours de sport se déroulent à l'intérieur. Ensuite on va sur le parking et on se cache derrière les voitures jusque dans la rue, exactement comme les quatrième. Sauf qu'au lieu d'aller au Dunkin' Donuts, on traverse la rue pour se cacher derrière un buisson.

Étape 3 : À l'arrivée du facteur, je lui tends la lettre et je m'assure qu'il la met bien dans son sac. Puis je lui parle de mes lettres fantômes et j'ordonne qu'il ouvre la boîte pour que je puisse vérifier qu'il n'y a pas de double fond. Et je lui demande s'il n'a pas entendu parler d'agissements suspects dans le coin.

Étape 4 : Il t'envoie *réellement* ma lettre. Et puis tu m'écris ou tu me rappelles immédiatement. Et tout le monde est heureux !

Ça, c'était le plan. Les étapes 1 et 2 se sont bien passées, même s'il neigeait pas mal quand on est arrivées sur le parking. June avait oublié ses après-skis en plus. Comme elle vient de Californie, je crois qu'elle oublie que l'hiver est rude dans le Massachusetts. Je courais de voiture en voiture pendant qu'elle n'arrêtait pas de glisser. Elle a failli tomber mais je l'ai rattrapée. Puis elle s'est agrippée à mon bras et là, on est toutes les deux tombées sur les fesses. Ça m'a fait mal mais on s'est regardées et on a éclaté de rire.

Quand on est enfin arrivées au buisson, il neigeait encore plus fort. Je n'arrêtais pas de me retourner pour m'assurer qu'aucun prof ne nous suivait. June regardait sans cesse sa montre. C'est la seule de notre classe à en porter une. C'est trop cool, tu ne trouves pas ? Elle est rose avec un cadran bleu marine et des aiguilles en forme de flèches.

J'ai commencé à m'inquiéter vers 11 h 15. Si un surveillant devait remarquer notre absence, ce serait déjà fait à l'heure qu'il était. À 11 h 20, j'avais les cheveux complètement trempés. À 11 h 25, il ne nous restait que cinq minutes pour aller à la cantine et le facteur n'était toujours pas passé.

Alors on est parties. Je voyais la boîte aux lettres par la fenêtre de ma salle quand le facteur est arrivé à 11 h 47. Quarante-sept minutes de retard ! M. Barrett m'a demandé ce que je regardais dehors, alors j'ai parlé de la neige. C'est là qu'il a demandé pourquoi j'avais les cheveux trempés. Et June aussi. Heureusement, il a gobé notre histoire de fuite de la fontaine à eau dans le couloir.

Donc je ne crois pas qu'on puisse surveiller la boîte. Mais par mesure de précaution, je vais en trouver une autre où poster mes lettres à partir de maintenant. J'aurais dû y penser plus tôt. Donc si celle-ci est la première que tu reçois de ma part, réponds vite. Ou appelle-moi. Si tu ne veux pas parler à Maman et Papa, tu peux faire sonner le téléphone deux fois et raccrocher. Je me débrouillerai pour décrocher juste après. Ça peut être notre code secret.

Si ça ne marche pas, je vais devoir trouver un autre moyen de te contacter. Je prendrai « des mesures drastiques ». (J'ai entendu ça à la télé. Ça fait super dramatique et sérieux. Mais tu sais quoi ? C'est sérieux.)

Bisou,
Evie

P.-S. : tu me manques.

MARDI 26 FÉVRIER

Chère Evie,

Ne t'en fais pas pour moi. Papa, Maman et moi sommes d'accord : aller à l'internat était la meilleure chose à faire. Mon bébé est heureux dans une autre famille et je ne veux plus y penser. Je ne veux pas en parler non plus.

J'ai besoin d'être seule pour le moment. Peux-tu arrêter de m'écrire, s'il te plaît ? Et peut-être m'oublier pendant quelque temps ?

Bise,

Cilla

SAMEDI 2 MARS,

Chère Cilla,

Non, il est hors de question que je t'oublie pendant quelque temps. Tu es ma sœur. Ma grande sœur. C'est toi qui m'as appris à tricoter. (Pas Maman, dont les écharpes finissent toujours par se transformer en ces espèces de tortillons en forme de bretzels.)

C'est toi qui m'as appris à me mettre du rouge à lèvres. (Pas Papa qui ne m'autorise à porter que du baume.)

C'est toi qui m'as montré où les parents cachent les cadeaux de Noël. (Même si la seule année où j'ai eu le cran de regarder, Maman a failli m'attraper et j'ai dû inventer une excuse comme quoi je devais apporter son pull préféré à l'école pour faire un exposé sur mes parents. N'importe quoi. Je ne sais pas si elle m'a crue mais je n'ai plus jamais retenté le coup. Je n'allais pas risquer de subir son sermon sur l'honnêteté. Il est encore plus long que celui sur « pas de gros mots ».)

Donc non, je ne compte pas t'oublier « pendant quelque temps ». Tu veux peut-être oublier ce qui s'est passé, mais moi pas.

Je n'ai pas honte de toi, moi. Donc je vais continuer à t'écrire comme si de rien n'était. Comme si tu étais en vacances. Ou partie faire tes études en Italie. Ou en France. Je vais faire comme si tu étais trop occupée à manger des croissants, porter des bérets et te faire mal au cou à force de regarder la tour Eiffel.

Tu peux arrêter d'écrire, mais moi non. Tu es toujours ma sœur. Tu t'es peut-être contentée de taper cette lettre à l'ordi mais tu l'as signée à la main. Avec le cœur sur le *i*. Tu m'aimes toujours. Et je t'aime toujours.

Bisou,
Evie

P.-S. : et tu me manques.

MARDI 5 MARS

Chère Cilla,

Tu ne veux sûrement pas me parler, mais c'est ton anniversaire aujourd'hui. Donc je vais te fabriquer une carte, comme tous les ans. Et je vais aussi te faire un cadeau. Même si j'ai assez d'argent pour t'acheter quelque chose de bien, j'ai finalement décidé de le fabriquer moi-même.

Parce que tu ne penseras pas à moi grâce à une vieille carte de vœux sur ton bureau. Ni grâce à un tee-shirt qu'un million de gens ont acheté aussi.

Mais ce bracelet est unique. Personne d'autre n'a jamais tissé exactement la même combinaison de perles dans toute l'histoire de l'univers. (J'espère.) Je l'ai fait juste pour toi. Il est rose et violet, tes couleurs préférées, avec une breloque en forme de cœur.

S'il te plaît, pense à moi quand tu le porteras.

Et après, écris-moi. Et cette fois, dis quelque chose de sensé dans ta lettre.

Bisou,
Evie

P.-S. : même si tu es désagréable, tu me manques quand même.
P.P.-S. : joyeux anniversaire !

MERCREDI 6 MARS

Chère Cilla,

Aujourd'hui, on est le mercredi des Cendres. Maman et Papa m'ont fait sécher les cours ce matin pour aller à la messe alors que ce n'est même pas une obligation pour cette fête. En plus, j'ai dû garder cette horrible marque noire sur le front toute la journée. Il y a plein d'autres élèves qui vont à l'église, mais personne n'a été obligé de s'y rendre un jour de classe. Ni d'avoir des cendres dégoûtantes sur la figure.

Les filles ont le droit d'avoir du vrai maquillage, elles.

Au moins, j'ai raté le contrôle de SVT. Je dois le rattraper demain après les cours, mais ça me laisse du temps pour réviser. Je t'écris cette lettre pendant l'heure du déjeuner. June est absente et Katie et Maggie répètent leur texte. Je pourrais les aider, mais elles n'arrêtent pas de glousser et de parler de trucs qui ont eu lieu pendant leurs répétitions. Je n'ai aucune idée de ce qu'elles racontent et je ne peux pas passer mon temps à faire semblant de rire sinon je vais devenir dingue.

Maman m'a dit qu'elle était contente que je fasse partie de l'équipe technique. Selon elle, ça m'évitera les ennuis. J'ai demandé pourquoi j'aurais besoin d'éviter les ennuis alors que je n'en ai *jamais* eu, et elle s'est mise à parler de collégiennes qui deviennent « victimes d'émotions inappropriées ». Puis elle a attendu que je lui réponde.

Évidemment, je n'avais rien à dire. Elle m'a fichu la trouille.

Je crois qu'elle a peur que je me transforme en toi.

Bisou,
Evie

P.-S. : tu me manques. Une seule lettre ne suffit pas.

JEUDI 7 MARS

Chère Cilla,

Katie a un petit copain ! Et pas n'importe lequel : Ethan Gagnon ! Tu te souviens de lui ? Il est venu à l'anniversaire de mes huit ans et il a passé tout le temps à manger ses crottes de nez. Tu m'avais dit que sa grande sœur Melanie faisait la même chose.

Ethan ne se cure plus le nez. (Du moins en public.) Et il n'a plus la boule à zéro. Il a les cheveux en bataille et jusqu'aux oreilles. En général il a un bouton qui se balade sur le visage : de sa joue à son nez puis sur son front. C'était le premier de notre classe à porter des lentilles de contact.

Katie le trouve mignon. Moi non, mais Maggie est d'accord avec elle. Ethan joue Gaston dans la comédie musicale. C'est logique puisque Katie est l'une des trois filles qui se pâment devant lui pendant la chanson *Belle*. Katie prétend que c'est « la vie qui imite l'art ».

Mais bon, Maggie joue Belle et elle n'aime pas John Lu, qui joue la Bête. Elle aime Dominic Brescia, qui est dans un autre collège. Il prend des cours de piano à l'école de musique où elle apprend le chant, et leurs mères se connaissent.

Dominic va à la même église que nous. Maman trouve que c'est « un gentil garçon ».

Est-ce qu'elle trouvait qu'Alex était un gentil garçon quand tu as commencé à sortir avec lui ? Ou est-ce qu'elle l'a toujours détesté ? Elle le déteste vraiment maintenant.

(Encore une chose que je ne devrais sûrement pas te dire.) On l'a croisé à l'église le week-end dernier. Il était avec ses parents et Maman les a snobés. Ils étaient assis derrière nous, et quand le prêtre nous a dit : « Que la paix soit avec vous », Maman a serré la main à TOUT LE MONDE autour de nous, sauf aux Crawford. Elle a même serré la main à Natey Bigglesworth qui était pleine de miettes de biscuit. Et tu sais à quel point Maman déteste quand les parents laissent leurs enfants manger pendant la messe.

J'ai voulu serrer la main à Alex mais Maman m'a tirée si fort en arrière que j'ai eu mal à l'épaule tout le restant de l'office. Je parie qu'elle aurait bien voulu se déplacer, mais l'église était pleine à craquer, et ils détestent rester debout au fond.

Tu te souviens quand Papa nous a surprises en train de regarder le *Bachelor* (pile pendant la scène du jacuzzi avec la fille en bikini doré !) ? Il avait éteint la télé et nous avait assommées avec son sermon sur « la mauvaise influence de ce genre de média » et « les comportements indécents », blablabla.

(Comme s'il n'avait pas vu la princesse Leia en bikini doré un milliard de fois.)

Je crois que Papa et Maman considèrent qu'Alex a une mauvaise influence. Sauf que lui, ils ne peuvent pas l'éteindre comme la télé. Il habite toujours dans notre ville, il vient toujours à l'église. Lui, ils ne peuvent pas le chasser.

Est-ce qu'il a été une mauvaise influence pour toi ? Je pense beaucoup à ça, ces derniers temps. Est-ce qu'on peut contrôler qui on aime ? Et si on aime vraiment quelqu'un, est-ce que c'est si mal de suivre son cœur ?

Qu'est-ce que tu aimais chez Alex ? Katie dit qu'elle apprécie qu'Ethan soit fort au base-ball. Maggie dit que pour elle, c'est la façon de jouer du piano de Dominic. Moi je n'aime aucun garçon. Peut-être que si tu me dis ce que tu aimais chez Alex, je pourrais trouver un garçon pour qui je ressentirais la même chose.

Mais pas Joey Witter. Beurk.

Bisou,
Evie

P.-S. : tu me manques.
P.P.-S. : Alex était derrière moi quand je suis allée chercher des beignets, il m'a demandé comment tu allais. Je n'ai pas su quoi répondre. Tu pourrais peut-être lui écrire aussi ? Je crois que tu lui manques.
P.P.P.-S. : peut-être que tu pourrais m'écrire encore une fois ? J'ai besoin d'un conseil de grande sœur. À propos d'un truc super important.

VENDREDI 8 MARS

Chère Cilla,

Ça fait quoi d'être amoureuse ? Je ne sais pas si ça m'est déjà arrivé.

D'accord, peut-être que quand j'avais six ans, j'ai dit que j'avais un faible pour Kermit la Grenouille. Mais je ne savais pas de quoi je parlais. Ce que je voulais dire, c'était que j'aimais bien la chanson *Rainbow Connection* qu'il chantait et j'adorais dormir avec ma peluche Kermit.

Je n'ai jamais été amoureuse avant, pas d'un garçon.

Katie m'a raconté que quand Ethan lui tient la main, elle a la chair de poule.

Maggie dit qu'elle devient toute rouge chaque fois que Dominic lui adresse la parole.

Dans les articles que j'ai trouvés sur Internet ils disent qu'on se sent nerveux et heureux. Qu'on a des papillons dans le ventre et qu'on n'arrête pas de penser à l'autre personne. Tout le temps.

Ça ne m'arrive jamais avec les garçons.

Ça m'arrive uniquement avec une personne.

S'il te plaît, pitié, réponds-moi.

Bisou,
Evie

P.-S. : ça me manque de parler avec toi. Ça me manque même que tu me chasses de ta chambre parce que tu es trop occupée pour me parler.

SAMEDI 9 MARS

Chère Cilla,

Je t'ai écrit des tas de lettres. Tellement que j'ai arrêté de compter.

Tu n'as répondu qu'une seule fois.

Tu es peut-être débordée à ton nouveau lycée. Tu portes l'uniforme élégant de Saint-Augustin, tu fais des brunchs élégants avec tes nouvelles amies élégantes. Tu passes des épreuves de sélection pour entrer dans l'équipe de hockey sur gazon, ou des auditions ou je ne sais quelle activité qu'on fait dans les internats. Tu vas à la messe tous les jours et tu te transformes en la parfaite petite fille sage que Maman et Papa ont toujours voulu avoir. Celle qui a oublié qu'elle avait un bébé et une famille.

Je ne veux pas que tu deviennes cette fille. Je veux que tu sois Cilla. Celle qui joue au pendu avec moi dans le missel jusqu'à ce que Maman et Papa nous privent de sortie une semaine pour ne pas avoir respecté les biens de l'église. La sœur qui me passe des M&M's en douce pendant le carême quand Maman nous oblige à arrêter les bonbons et les sodas.

La fille qui ne m'a pas jugée alors que j'ai eu peur du noir jusqu'en CE2.

La fille qui (je l'espère) ne me jugerait jamais pour rien d'autre.

Bisou,
Evie

P.-S. : tu me manques, même si je ne te manque pas.

DIMANCHE 10 MARS

Chère Cilla,

Aujourd'hui à l'église, M. Jenkins a demandé à Maman comment ça se passait dans ta nouvelle école. Maman a bégayé avant de dire que tu faisais partie de l'équipe d'athlétisme, que tu t'étais fait des tas de nouvelles copines et que tu avais fait un voyage avec une organisation caritative à l'automne dernier.

Je ne sais pas si je dois la croire ou non. Si vous avez parlé de ta nouvelle vie là-bas. Parce que c'est possible que tu fasses de l'athlétisme. Tu adores courir. Avant de tomber enceinte, tu courais tout le temps.

En revanche je sais que tu n'as fait aucun voyage caritatif. Tu as eu le bébé en septembre. Je ne te vois pas monter des plaques de Placo pour construire des maisons pour les plus démunis dans cet état. Donc Maman a menti à M. Jenkins droit dans les yeux.

MAMAN A MENTI À L'ÉGLISE.

C'est sûrement le premier signe de l'Apocalypse.

Puis les parents ont parlé de l'autre voyage caritatif que tu es censée avoir fait cet été. Celui de quand tu étais chez Tante Maureen pendant que ton bébé grandissait dans ton ventre.

Plus ils parlaient d'Haïti, des orphelins et de matériel médical, plus ça me mettait en rogne. C'est vraiment horrible de voir les parents mentir à toute la ville au sujet de ta grossesse. C'est horrible qu'ils aient raconté au copain de Papa qu'ils n'ont qu'une seule fille.

Ça ne ressemble pas du tout aux enseignements de Jésus.

Je suis tout aussi coupable. Je n'ai rien dit à Katie et Maggie pour le bébé.

Je n'ai pas honte de toi. Je suis heureuse que tu sois ma sœur. C'est pour ça que j'ai lancé un regard noir à Maman et que je lui ai dit qu'elle devrait avoir honte. Puis je suis partie.

Je veux dire la vérité à tout le monde.

Je veux leur parler de toi.

Je veux leur parler de moi, aussi.

Bisou,
Evie

P.-S. : tu me manques, même si tu ne leur manques pas.

MARDI 12 MARS

Chère Cilla,

Aujourd'hui c'est l'anniversaire de la mort du père de June. Elle est quand même venue à l'école. À sa place, moi je serais restée toute la journée à pleurer à la maison. Mais June préfère être au collège. Apprendre le théorème de Pythagore, les arpèges et disséquer des vers de terre l'empêchent d'y penser. Elle a dit que sa mère était à la maison et qu'elle ne voulait pas l'entendre pleurer toute la journée.

Je n'ai pas su quoi dire. Je ne connais personne qui est mort. Il y a Mamie, mais j'avais cinq ans. On ne la voyait qu'à Noël, en plus, donc je n'étais pas triste. Papa était triste. C'est la seule fois de ma vie où je l'ai vu pleurer. Enfin, avec la fois où ils t'ont chassée. Et aussi à Noël, quand il a jeté un coup d'œil dans ta chambre vide.

June n'avait pas l'air d'avoir envie que je dise quoi que ce soit. Elle n'a pas fait comme Maggie quand elle est « troooop triste » pour quelque chose et qu'elle fait mine de sangloter jusqu'à ce que je lui demande ce qui ne va pas. Elle m'a seulement parlé de son père avant de prendre le scalpel pour ouvrir le ver de terre.

Je ne comprends pas comment on peut être aussi calme face à la mort. La mort, c'est triste et ça fait peur. C'est triste même quand ce n'est qu'un ver de terre gris et gluant qui a donné sa vie pour la science. (C'est pour ça que j'ai laissé June faire toute la dissection.)

C'est peut-être différent quand on ne se souvient pas de la personne, même si c'est son père.

J'ai quand même montré à June que j'étais là si elle avait besoin de parler. J'ai partagé mon brownie avec elle au déjeuner et je lui ai raconté une blague débile pour la faire sourire.

Qu'est-ce qui est vert et qui monte et qui descend ?

Un petit pois dans un ascenseur !

Oui, je sais, c'est nul. C'était tellement nul, d'ailleurs, que ça l'a fait rire. C'était le but.

Je lui ai fait un câlin après le cours de SVT. (Après m'être lavé les mains bien sûr. Les entrailles de ver de terre, c'est dégueu !) Parce que les amis font ce genre de choses. C'est ce qu'on a décidé le mois dernier.

June est restée accrochée à moi super longtemps. Elle m'a serrée très fort aussi. Sûrement parce qu'elle était triste. Elle aurait fait ça à n'importe qui.

Tu ne crois pas ?

Bisou,
Evie

P.-S. : tu me manques toujours.

P.P.-S. : June sentait la vanille et la noix de coco aujourd'hui. Avant, mon odeur préférée c'était ton parfum au gardénia. Je crois que j'ai changé d'avis. June m'a dit qu'elle avait acheté sa lotion au centre commercial. On va y aller ce week-end.

JEUDI 14 MARS

Chère Cilla,

Hier soir j'ai regardé le match des Celtics à la télé avec Papa. Le score était serré, ils ont gagné à deux secondes de la fin avec un panier à trois points.

Tu te souviens de la fois où Papa avait eu des billets par un ami et qu'il nous avait emmenées voir un match avec lui à Boston ? On avait pris le métro et mangé de la pizza, des nachos et ces bretzels moelleux que tu adores. On était tout en haut, les joueurs étaient aussi petits que des figurines, mais on voyait quand même l'action.

Moi j'avais trouvé ça ennuyeux (je trouve toujours ça ennuyeux), mais toi tu étais à fond. Papa aussi. Vous n'arrêtiez pas de comparer les statistiques et de parler avec des termes techniques. Vous vous tapiez dans la main chaque fois que les Celtics marquaient un panier. Papa était de si bonne humeur qu'il n'a même pas remarqué que les vieux messieurs derrière nous n'arrêtaient pas de dire des gros mots.

C'est peut-être ça, le paradis. Faire et regarder tout ce qu'on aime, tout le temps. Être avec les gens qu'on aime, aussi. Même si ça m'arrive de me poser des questions sur Dieu de temps en temps, le paradis c'est une idée plutôt cool. Au paradis, j'aurais des livres à volonté. Il y aurait une immense cuisine pour que je puisse faire des gâteaux quand je veux, et June et toi seriez avec moi.

Hier soir c'était différent. Papa n'arrêtait pas de se mordiller la lèvre. Il n'a même pas eu l'air content quand les Celtics menaient de vingt points à la mi-temps. Quand votre joueur préféré a fait un dunk, il était bord des larmes, y compris quand j'ai essayé de lui taper dans la main.

Hier soir, ce n'était pas le paradis.

Bisou,
Evie

P.-S. : tu me manques. Je crois que tu nous manques à tous.

SAMEDI 16 MARS

Chère Cilla,

C'est chouette de t'écrire, même si tu ne réponds pas. C'est chouette d'écrire ton nom. C'est la preuve que tu existes quand toutes les traces de ta présence ont disparu de la maison. Ces lettres sont le dernier lien qui me connecte à toi, un lien fort et invisible comme une toile d'araignée. (Tu as vu ma comparaison ? On parle des phrases d'introduction ce mois-ci en littérature. Moi, je préfère largement les figures de style.)

Les phrases d'introduction c'est ce que tu mets au début de chaque paragraphe pour annoncer de quoi tu vas parler. C'est très important selon M. Barrett. Je ne suis pas d'accord. Pourquoi je dois révéler à quelqu'un ce que je m'apprête à lui dire ? Ça me semble débile. Pourquoi ne pas simplement... le dire ?

Bon, peut-être pas. Parfois, on n'est pas prêt à exprimer les choses. Parfois, on préfère les garder pour soi jusqu'au dernier moment, les laisser rebondir dans tous les sens en soi comme une balle jusqu'à trouver le bon angle de tir.

Peut-être qu'on n'a pas envie d'utiliser de phrase d'introduction. Peut-être qu'on n'a pas envie de mettre l'accent sur ce qu'on va dire. Peut-être qu'on veut juste le glisser à la fin, discrètement, pour que les autres pensent que ce n'est pas si important. Par exemple, que j'aime quelqu'un que je ne suis pas censée aimer et que je me sens étrange à cause de ça.

Et peut-être que cette personne m'aime aussi. Ou peut-être pas. Et peut-être que je ne sais pas du tout comment le savoir.

Bisou,
Evie

P.-S. : tu me manques.

SAMEDI 23 MARS

Chère Cilla,

Katie et Maggie me détestent. Bon peut-être pas, mais c'est sûr que je ne suis pas aussi cool que leurs nouvelles copines du théâtre. Les filles du théâtre chantent et dansent, et elles ont toutes un copain. Elles me poussent au bout de la table au déjeuner et ne font pas attention à ce que je dis. Donc, même si elles ne me détestent pas, moi, je les déteste.

Au moins je t'ai, toi. Et j'ai June.

Mais je ne peux pas parler à June de ce qui se passe.

Il y a *La Belle et la Bête* dans deux semaines et tout le monde est débordé. On a des tonnes de détails de dernière minute à régler. On a même travaillé aujourd'hui, alors qu'on est samedi ! On a fini de peindre les décors. (Avec June on a travaillé sur la salle de bal *et* la forêt. Pour le château, on a utilisé des tons bleus et jaunes, avec du doré pour les contours. Ça va super bien avec le costume de Maggie. Pour la forêt, June a peint des tas d'arbres inquiétants et moi environ cinq millions de cailloux.)

Je ne t'ai pas beaucoup parlé de l'équipe technique. Je parie que tu te demandes pourquoi. Ce n'est pas pour la même raison que pour l'église.

Je ne parle pas de l'église parce que tu sais ce qui s'y passe. C'est toutes les semaines pareil. On se lève tôt pour que les parents aient le temps d'aller dire bonjour à leurs amis, et Maman aide à installer la table avec les gâteaux et le café. Maman porte ses perles et Papa, son costume. On parade dans l'allée pour que Maman puisse faire signe à ses copines, puis on s'assoit pour écouter le sermon interminable durant lequel je n'ai pas le droit de gigoter. (Alors que Julia Chen a le droit d'allumer son téléphone. Ce n'est pas juste.)

Puis Papa et Maman m'obligent à rester assise dix minutes de plus pour prier et dire le rosaire et ensuite on me traîne en bas pour discuter avec les vieux religieux et jouer avec des morveux aux doigts poisseux à cause des beignets.

(S'ils te forcent à aller à la messe tous les jours à ton lycée, au moins, toi, tu ne rentres pas avec des taches de confiture sur tes vêtements.)

L'équipe technique de la pièce, c'est tout le contraire. On ne fait jamais la même chose. J'étais déçue au début de ne pas avoir de rôle, mais finalement je suis bien contente. Ça m'ennuierait de devoir répéter les mêmes répliques en permanence. C'est bien mieux de dire ce que je veux et pas quelque chose qu'on a écrit pour moi.

Quand je parle avec June, j'adore ce que j'ai à lui dire.

Aujourd'hui on a parlé :

1. De June, qui a enfin eu plus de bonnes réponses que sa mère au jeu télévisé d'hier soir. (Mme Reynolds adore ces jeux. Elle clique avec son stylo comme un buzzer et personne n'a le droit de parler, même pas pendant la pub.)
2. Du meilleur parfum de glace entre menthe-chocolat et vanille.
3. De la valeur nutritionnelle des crottes de nez.
4. De la raison pour laquelle Dieu n'existe pas.

On a discuté sérieusement de ce dernier point. Pendant longtemps. June dit qu'elle ne peut rien croire tant qu'il n'y a pas de preuve. Alors je lui ai parlé de la foi. Et que je priais pour recevoir de l'aide pendant les contrôles et que je remerciais Dieu après. Et puis je lui ai parlé de tous les beaux couchers de soleil, et de ces apparitions de Marie que les gens ont vues, et de tout ce que Papa et Maman disent et qui m'a toujours semblé si réel. Mais en le disant, mes paroles m'ont paru molles, comme des spaghettis trop cuits. Bloub bloub bloub !

June a dit que si elle remerciait Dieu d'avoir eu un A à un contrôle, alors ça lui retirait tout le mérite de son travail à elle. Et que les couchers de soleil ont une explication scientifique. Et elle a levé les yeux au ciel quand j'ai parlé des apparitions de la Vierge.

C'est bizarre. Toutes ses paroles paraissaient très logiques.

Heureusement que personne n'a entendu notre conversation.

On a joué à « Tu préfères » quand tout le monde était à l'autre bout de la scène.

On s'est posé des questions comme :

Tu préfères passer dix minutes dans une pièce pleine de moustiques ou manger un bocal entier de mayonnaise ?

Tu préfères être suivie toute ta vie et partout par les paparazzis ou que plus personne ne t'adresse la parole ?

Tu préfères devenir sourde ou perdre le goût ?

Et sa dernière question : tu préfères embrasser une fille ou embrasser une grenouille ?

J'ai su tout de suite ma réponse.

Et quand June m'a demandé, elle avait un drôle d'air, comme si elle me posait une tout autre question.

J'ai voulu lui répondre mais je ne savais pas trop si elle avait envie d'entendre ma réponse. Peut-être que je me trompais à son sujet. Ou peut-être que c'était elle qui se trompait.

Finalement je n'ai rien dit. J'ai terminé de peindre mon rocher et June a commencé un autre arbre. Puis Mme Harper m'a demandé d'aller travailler sur autre chose.

Ça m'a rendue à la fois heureuse et malheureuse.

Bisou,
Evie

P.-S. : tu me manques.
P.P.-S. : j'ai peur.

LUNDI 25 MARS

Chère Cilla,

Oublie ma dernière lettre. Je ne pensais rien de ce que j'ai écrit. Brûle-la. N'en parle à personne.

Bisou,
Evie

MARDI 26 MARS

Chère Cilla,

Je suis sérieuse. Oublie tout.

Bisou,
Evie

VENDREDI 29 MARS

Chère Cilla,

En fait je me demande ce que tu répondrais, toi : tu préfères embrasser une fille ou embrasser une grenouille ? Tu as déjà embrassé une fille ? Sûrement pas. Puisque tu es tombée enceinte, je ne crois pas que tu aies fait quoi que ce soit de mal. Je veux dire de *vraiment* mal. Les bottes à talons et arriver en retard en cours, ce n'est pas grave.

Embrasser une fille, en revanche, c'est mal. Enfin, d'après Papa et Maman.

C'était comment d'embrasser Alex ? Katie a embrassé Ethan hier après les cours. Elle nous l'a dit aujourd'hui. C'est la première fois qu'elle me raconte quelque chose d'important depuis plus d'un mois. Elle nous a entraînées, Maggie et moi, jusqu'aux toilettes avant la répétition, même si Maggie ne voulait surtout pas être en retard.

(Elle commence à prendre la grosse tête. Elle joue Belle, ce n'est pas la reine d'Angleterre, non plus.)

Katie est rentrée avec Ethan hier après la répétition, et il l'a embrassée derrière un arbre à côté de chez lui. Selon elle, il avait la bouche toute molle et mouillée et elle ne savait pas où mettre ses mains. Moi ça ne m'a pas semblé super, mais Katie a dit qu'elle avait eu des frissons partout quand ils se sont embrassés.

Les frissons c'est plutôt cool.

Maggie était fâchée qu'elle ait mis presque une journée à nous le dire. Moi je comprends. Parfois on a besoin d'avoir des secrets, le temps d'analyser ce qui se passe.

Ou peut-être que Katie aimait bien l'idée que ce baiser n'appartenait qu'à elle. Moi j'aime bien garder des souvenirs tout près de moi pour pouvoir les ressortir quand j'en ai besoin, un peu comme le doudou que je trimbalais partout quand j'étais petite. Je l'ai toujours, sur l'étagère du haut de mon placard, tout au fond. Parfois, quand je suis triste, je le prends dans mes mains. Il n'est plus aussi doux qu'avant et les bords s'effilochent.

Mais ça me réconforte quand même.

Bisou,
Evie

P.-S. : si tu reviens un jour à la maison, il faut vraiment que tu oublies ce que j'ai dit. Je n'ai pas du tout envie d'embrasser une fille. Pour de vrai. Promis.

SAMEDI 30 MARS

Chère Evie,

Ne parle pas de moi à Papa et Maman. Je ne rentrerai pas à la maison. Je me plais ici. Je me fais des amis et j'apprends des tas de choses.

Parler de ce qui s'est passé mettrait Papa et Maman en colère. Ils ont eu raison de se fâcher. Je n'aurais pas dû tomber enceinte. J'ai fait quelque chose de mal. Alex et moi, on a fait quelque chose de mal. C'est pour ça que je ne veux plus en parler. C'est pour ça que Papa et Maman ne parlent plus à Alex. Il n'a pas une bonne influence.

June n'a pas l'air d'avoir une bonne influence non plus. Si j'étais toi, j'arrêterais de lui parler. C'est la meilleure chose à faire.

Et arrête aussi de me parler.

Bise,

Cilla

MERCREDI 3 AVRIL

Chère Cilla,

Arrêter de parler à June ? Autant demander au soleil d'arrêter de se lever le matin !

Arrêter de te parler ? Ce serait pire que de me faire attaquer par une horde de rapaces enragés qui me planteraient leurs serres dans la peau encore et encore pour l'éternité ! (On a appris les hyperboles aujourd'hui en littérature, c'est quand on exagère à fond, à fond, pour créer un effet.)

Je n'essaie pas de créer un effet. C'est la vérité. Je ne peux pas faire ce que tu me demandes.

Bisou,
Evie

P.-S. : parce que sinon vous me manqueriez toutes les deux !

VENDREDI 5 AVRIL

Chère Cilla,

C'est la représentation demain soir. Maggie est super stressée, même si elle a été géniale à la répétition générale aujourd'hui : apparemment il y a une superstition qui dit que lorsqu'on se plante à la générale, ça veut dire que le spectacle va être réussi. Maggie est sûre que le contraire se vérifie aussi, qu'elle va oublier son texte demain. Ou perdre sa voix. Du coup elle a bu du thé au miel toute la journée et fait des vocalises.

Moi, sa voix me semble parfaitement bien. Mais c'est sûr qu'elle va la perdre si elle ne la ferme pas.

Les décors sont sublimes. June et moi sommes restées tard pour y mettre la dernière touche. On a aussi sorti tous les costumes pour être sûres que rien n'avait été taché. Personne d'autre de l'équipe n'est resté pour nous aider. Tant mieux, c'était plus drôle d'être toutes les deux. Mme Harper a passé tout le temps dans son bureau au téléphone avec l'entreprise qui a imprimé les programmes.

Ils sont arrivés hier. Il y a le logo que June et moi avons dessiné sur la couverture (il rendait tellement bien sur les tee-shirts que Mme Harper a voulu le mettre sur les programmes aussi !). Mais, devine quoi, il y a écrit : LA BALLE ET LA BÊTE. Tu y crois ? Mme Harper en avait commandé huit cents ! Elle était dans tous ses états.

Il faisait noir dans les coulisses ce soir. Les essais d'éclairage étaient terminés depuis longtemps. On a dû allumer les projecteurs de la scène pour faire le ménage. Ça n'a pas grand-chose à voir avec « être sous le feu des projecteurs », pourtant... Comme on connaissait plein de répliques à force d'entendre Maggie et John, on a reconstitué la dernière scène, quand Belle et la Bête dansent dans la salle de bal.

C'est la scène du baiser. (Au début, Maggie ne voulait pas embrasser John parce qu'il sent le saucisson. Elle a fini par accepter. Parce que c'est dans le script.)

June a proposé qu'on joue cette scène ; moi, j'étais réticente. Mon cœur s'est mis à battre la chamade, j'avais les mains moites. Ça m'a rappelé un article que j'ai lu dans un de tes magazines avant ton départ.

CINQ SIGNES QUI PROUVENT QUE TU ES AMOUREUSE D'UN GARÇON :

1. Tu n'arrêtes pas de penser à lui.
2. Ton cœur s'emballe dès que tu le vois.
3. Tu as les mains moites.
4. Tu bégayes quand tu lui parles.
5. Tu te sens vivante quand il est là.

Je m'en souviens bien parce que je l'ai lu plein de fois. Je voulais le retenir au cas où je ressentirais ça un jour. Pour être sûre que j'avais rencontré le bon garçon.

Mais l'article se trompait. Il y a un mot à changer dans le titre. Parce que quand June/la Bête m'a fait valser dans les coulisses, toute la liste m'est tombée dessus.

Et j'ai eu la révélation.

Je suis amoureuse d'une fille.

Bisou,
Evie

P.-S. : tu me manques.
P.P.-S. : pas pour longtemps puisque je vais probablement te rejoindre dans ton école bientôt.

SAMEDI 6 AVRIL

Chère Cilla,

Je sais que je ne suis pas censée écrire ça. Je ne suis pas censée y penser ni le ressentir. Mais juste une fois, dans cette lettre uniquement, j'ai envie de hurler de joie. Je veux que tu m'imagines en train de sauter dans tous les sens dans ma chambre en criant à tue-tête. Et que tu ne désapprouves *pas*. Je veux que tu sois heureuse pour moi.

Parce que quand j'ai dansé avec June, elle m'a souri tout le temps.

Je crois qu'elle est amoureuse de moi aussi.

Aaaaaaaaaaaaah !

Bisou,
Evie

P.-S. : c'est vrai que tu me manques, mais là je suis trop contente pour être triste !

SAMEDI 6 AVRIL
(PLUS TARD)

Chère Cilla,

Je sais que tu as dit que June avait une mauvaise influence sur moi, mais tu ne le pensais pas vraiment, hein ? Je suis sûre que tu l'adorerais. J'aimerais que tu la rencontres.

Je ne comprends pas pourquoi tu as dit tout ça sur elle. Ça ne te ressemble pas. Tu ne juges pas les gens comme ça, d'habitude.

D'après moi, c'est plus important d'être heureux, que de suivre les règles.

Je croyais que toi, tu comprendrais. Surtout toi.

Tu as peut-être changé.

C'est pour ça que je ne peux pas encore te raconter ce qui s'est passé tout à l'heure.

J'ai envie de te raconter. J'ai envie de le raconter à *quelqu'un.*

Mais j'ai peur. Ça fait peur de l'écrire, ça le rend réel. Je ne pourrai plus le cacher. Ça se saura.

Je ne peux pas le laisser sortir tout de suite. Ce secret est comme un oisillon qui sort la tête du nid, pas encore prêt à voler. Il y a des choses terrifiantes dans le monde.

Des prédateurs.

Des tempêtes.

Pire.

D'abord, il faut que je rassemble plus de force.
Ça, ou alors me cacher pour toujours.

Bisou,
Evie

P.-S. : tu me manques.

DIMANCHE 7 AVRIL

Chère Cilla,

On s'est embrassées !

EMBRASSÉES.

Genre « oh les amoureuuuses ».

Genre « nos lèvres qui se touchent, le goût de son gloss à la fraise, et sûrement mon haleine de hot dog ».

Je n'arrive pas à croire que mon premier baiser ait été avec une fille. Quand j'étais petite, je venais sur ton lit quand tu regardais tes magazines et que tu parlais des acteurs que tu trouvais « trooop mignons ». Et j'étais d'accord avec toi parce que je voulais que tu me considères grande comme toi. Je ne les trouvais pas vraiment mignons, mais j'imaginais que je le penserais un jour.

Parce que c'est dans l'ordre des choses.

1. On grandit.
2. On trouve les garçons mignons.
3. On embrasse les garçons.
4. On se marie avec les garçons.
5. On a des enfants.
6. Nos enfants font pareil.

Je sais que la Bible ne dit rien sur les filles qui aiment les filles. Mais si moi, je les aime ?

Si je décide de changer la deuxième étape ? Que se passe-t-il ensuite ? Je sais que je *peux* me marier avec une fille, mais Papa et Maman ne le voudront jamais. Ils me haïront comme ils te haïssent.

(Enfin, June et moi on ne va pas se marier, hein. C'est débile. On est des ados.)

Je ne sais pas quoi faire et je ne peux pas parler du baiser à Katie et Maggie. Si j'avais embrassé Joey Witter, ce serait différent. Elles hurleraient et elles n'arrêteraient pas de dire qu'il a des yeux si beaaaaauuux. (N'importe quoi. Ses yeux bleus ne scintillent même pas. Les yeux de June brillent tout le temps. Ils sont immenses, profonds et marron, avec des petits éclats dorés qui reflètent la lumière du soleil.)

Si je disais à Katie et Maggie que j'ai embrassé une fille, elles me regarderaient bizarrement. Ou elles le diraient à leurs parents. Qui le diraient à *nos* parents. Qui me tueraient.

Tu es la seule à qui je peux en parler.

Tu sais, dans les films, les premiers baisers arrivent toujours par surprise. Le garçon et la fille se rencontrent par hasard et d'un coup ils s'embrassent. Ou alors ils regardent un film et le garçon passe un bras autour des épaules de la fille, l'air de rien, et se penche pour l'embrasser.

Ils ne parlent jamais de ce qui va se passer, ils le font, c'est tout. Puis il y a des lèvres, de la salive et des têtes et des bras qui bougent dans tous les sens.

C'était différent avec June. Peut-être que j'aurais dû m'y attendre, parce qu'on est différentes. On n'est pas un garçon et une fille. On est des filles. Deux filles. On est *déjà* différentes.

Donc d'abord on a parlé. On a beaucoup parlé, en fait.

On est arrivées tôt au théâtre, le soir de la pièce. J'avais cru entendre Mme Harper dire d'être là à 15 heures et c'est ce que j'avais dit à June aussi. En fait, c'était 16 heures, donc on a attendu devant la porte sur les tables de pique-nique, sous le saule pleureur. Il y avait du vent, je n'arrêtais pas d'avoir les cheveux dans les yeux.

Au bout d'un moment, June a sorti une barrette de sa poche. Elle m'a attaché les mèches derrière l'oreille et sa main s'est attardée une seconde sur ma joue.

C'était une toute petite seconde, mais elle m'a semblé durer une éternité. June m'a regardée. Je l'ai regardée. Je ne savais pas à quoi elle pensait. Et je ne savais plus trop quoi penser.

J'étais désorientée. Est-ce qu'être amoureuse d'un garçon est aussi compliqué ?

On s'est regardées encore.

Dans les films, c'est là que les gens commencent à échanger leur salive, normalement.

Mais on est différentes. Alors tu sais ce qu'on a fait ? On a éclaté de rire. En reniflant comme des cochons. On se tenait les côtes tellement on était mortes de rire. Il y a même une dame avec son chien qui s'est arrêtée pour nous regarder.

— C'était bizarre pour toi hier soir ? a demandé June.

J'étais contente qu'elle pose la question en premier parce que j'avais l'impression que ma bouche était pleine de coton, ou que j'allais me mettre à parler une langue étrangère.

— Qu'on danse ensemble, je veux dire. Tu as trouvé qu'il y avait quelque chose de différent ?

J'ai pris une grande inspiration. C'était comme dans un rêve. J'avais l'impression de flotter au-dessus de mon corps et de regarder une Evie d'un monde parallèle parler avec la fille qui lui plaisait.

— C'était bizarre. Et différent.

Là, j'ai eu envie de retirer ce que je venais de dire. Pourtant j'ai continué. Je me suis forcée à dire la vérité.

— J'ai bien aimé, je crois.

J'ai baissé les yeux sur la table de pique-nique, il y avait des initiales gravées dans le bois. AJ+EB POUR LA VIE. Je me suis demandé qui étaient AJ et EB. Amy et Elliot ? Andrew et Elizabeth ?

Peut-être Amy et Elizabeth.

Amy et Elizabeth pour la vie.

— Moi aussi, a dit June.

J'ai mon doigt sur les initiales d'Amy et Elizabeth. Puis j'ai posé la question qui me travaille depuis des semaines. Des mois, même.

— Est-ce que tu aimes les filles ?

J'ai évité son regard.

— Est-ce que tu m'aimes ? Comme ça ?

J'ai passé beaucoup de temps à me demander si j'avais le droit d'être amoureuse de June. J'ai passé encore plus de temps à essayer de savoir si elle ressentait la même chose, si ses remarques sur les filles qui étaient « mignonnes » signifiaient quelque chose. À me demander pourquoi c'était différent quand on traîne ensemble et quand je traîne avec Katie et Maggie.

June n'a rien dit, mais elle a hoché la tête. Oui ! Elle est amoureuse de moi aussi !

— Est-ce que tu as déjà... enfin tu sais... avant ? a-t-elle demandé en nous désignant toutes les deux. Fait des trucs comme ça ? Danser...

Elle a baissé les yeux.

— Ou tenu la main, ou...

— Embrassé ?

C'est sorti comme du soda quand on a secoué la bouteille. Quand j'ai ouvert la bouche, c'est comme si j'avais retiré le bouchon. POP ! PSCHIIIIITT ! Impossible de retenir le jet sucré.

June a secoué la tête.

Moi aussi.

On n'a rien dit pendant un milliard d'années.

— Est-ce que tu voudrais bien ? a-t-elle demandé.

J'ai haussé les épaules.

— Peut-être.

— Oui, peut-être. Enfin, moi aussi, peut-être.

— C'est vrai ?

— Oui.

— Euh, d'accord.

On s'est encore regardées.

Est-ce qu'Alex et toi vous vous regardiez beaucoup comme ça ? Enfin, je sais que vous vous regardiez toujours dans les yeux. Je vous ai vus le faire plein de fois. Mais c'était *après* votre premier baiser. Est-ce que vous le faisiez avant, aussi ? Est-ce que c'était déroutant comme ça ?

Parce que j'étais super déroutée. Je ne savais pas ce que j'étais censée faire, et si Mme Harper, Katie, Maggie, Miri, ou même Joey, n'allaient pas débarquer à tout moment.

Alors je me suis penchée et je l'ai embrassée. J'ai embrassé June ! Moi qui avais toujours peur des chiens du quartier. Moi qui ai eu une veilleuse jusqu'à neuf ans.

J'ai eu l'impression de mériter la médaille du courage.

Ça n'a duré que deux secondes, et je ne sais pas trop laquelle s'est écartée en premier. On s'est regardées. June a souri. J'ai souri.

Puis Mme Harper a débarqué pour de bon, les bras chargés, et nous a demandé de porter des trucs à l'intérieur. J'ai perdu June de vue et chaque fois que j'ai essayé de croiser son regard tout le reste de la soirée, elle a détourné les yeux. Et elle a disparu juste après le spectacle. Du coup je me dis qu'elle regrette ce baiser. Peut-être qu'elle aussi elle pense qu'on ne devrait pas s'embrasser.

Peut-être qu'elle attend lundi pour m'en parler au collège. J'espère qu'il n'y a pas de malaise entre nous maintenant. Même si elle regrette qu'on se soit embrassées, moi je veux rester son amie.

Bisou,
Evie

P.-S. : tu me manques. Tes conseils me manquent.

P.P.-S. : au cas où tu te demanderais, la représentation était géniale. Maggie n'avait pas perdu sa voix, elle n'a pas oublié son texte, et tout le monde s'est levé pour applaudir à la fin. Maman et Papa m'ont apporté un bouquet : douze roses rouges. Je parie qu'ils m'auraient apporté des orties s'ils savaient pour June et moi.

LUNDI 8 AVRIL

Chère Cilla,

Hier soir au lit, je regardais le plafond en passant en revue chaque seconde du baiser pour la milliardième fois. Pendant que j'étirais ces deux secondes jusqu'à l'infini, je me posais une question :

Pourquoi embrasser June m'a semblé être quelque chose de courageux ?

Je n'ai jamais trouvé Katie courageuse d'avoir embrassé Ethan.

En quoi ce que j'ai fait serait-il différent ?

Bisou,
Evie

P.-S. : tu me manques.
P.P.-S. : je stresse à l'idée de voir June au collège tout à l'heure. J'espère qu'on ne va pas être mal à l'aise.

LUNDI 8 AVRIL (PLUS TARD)

Chère Cilla,

June était absente aujourd'hui.

Bisou,
Evie

MARDI 9 AVRIL

Chère Cilla,

Aujourd'hui aussi. Elle m'évite. Je le sais. Elle veut oublier ce qui s'est passé.

Elle ne veut même plus être mon amie.

Bisou,
Evie

P.-S. : tu me manques.
P.P.-S. : s'il te plaît réponds-moi. J'ai besoin de ton aide.

JEUDI 11 AVRIL

Chère Cilla,

June a été absente *toute la semaine*. Le collège me paraît tout vide. Maintenant que la comédie musicale est passée, Katie et Maggie ne sont plus aussi pénibles, mais elles continuent à parler théâtre *tout le temps*. Comment sera le prochain spectacle, est-ce que Katie devrait aussi prendre des cours de chant, à quel point ce sera « trop génial » quand elles iront en voyage à New York avec leurs nouvelles copines...

Ou alors elles parlent d'Ethan et de Dominic. (Maggie et Dominic ont commencé à sortir ensemble la semaine dernière.)

Malgré moi, je sais tout sur Ethan et Dominic. Les légumes préférés d'Ethan sont les choux de Bruxelles. La couleur préférée de Dominic est le vert foncé (pas le vert clair, pas le vert normal, le vert *foncé*). Ethan utilise un shampoing à la rose qu'il pique à sa petite sœur. (Je ne suis pas censée le raconter.)

J'en sais autant sur June, mais je ne peux pas le dire tout haut. Katie et Maggie s'en fichent que June se soit cassé le majeur l'année dernière et qu'elle sente une petite douleur à l'intérieur chaque fois qu'il va pleuvoir. Elles s'en fichent que June éternue toujours trois fois d'affilée. Pas une, pas deux, toujours trois fois. Elles s'en fichent que June déteste les pâtes et les sandwichs à la dinde, alors que ce sont mes deux plats préférés.

Je rigole toujours bien avec Katie et Maggie, mais ce n'est pas pareil. Ce n'est pas comme avec June. Avec elle, il n'y a rien d'autre qui retient mon attention.

Nous sommes toutes les deux.

Nous rions de la trace de stylo que Mlle Pasquale garde sur la joue pendant deux heures sans s'en rendre compte. Nous essayons de dessiner sur les semelles de nos baskets. Nous convainquons la mère de June de nous donner sa recette super secrète de la tarte aux pommes et à la cannelle et nous faisons des batailles de farine dans la cuisine.

Elle me manque. Comme amie, et (peut-être) plus.

Bisou,
Evie

P.-S. : toi aussi, tu me manques.

SAMEDI 13 AVRIL

Chère Cilla,

J'ai attendu toute la journée que June m'appelle ou vienne à la maison. Elle aurait crié « Surprise ! » et m'aurait dit qu'elle ne me faisait pas la tête. Que tout allait bien entre nous et qu'elle ne me trouvait pas sale ou dégoûtante ou que j'étais une... tu sais, le mot que Maman et Papa utilisent pour décrire les filles qui aiment d'autres filles. Le mot qu'ils prononcent avec les lèvres pincées, comme s'ils avaient avalé un citron.

Une lesbienne.

Et si June avait l'air d'avoir avalé un citron aussi ? Je sais que je n'ai rien fait de mal, mais je me sens quand même coupable. C'est à cause de nos parents : ils ont tellement parlé de « l'abomination du mariage homosexuel » que apparemment ils ont réussi à me laver un peu le cerveau.

Et ça, ça me rend malade. Parce que je n'ai rien fait de mal. On n'a rien fait de mal.

Et maintenant je me sens coupable de me sentir coupable pour le baiser. AAAAAAH !

Comme Maman devait aller chercher des œufs (et Papa voulait de la glace), je l'ai accompagnée au supermarché cet après-midi. Je ne lui ai pas dit que c'était uniquement parce que la maison de June est sur le chemin. Je l'ai scrutée en passant mais je n'ai vu personne derrière les fenêtres. La voiture de sa mère était dans l'allée, donc je sais qu'elles ne sont pas parties.

Je suis tellement perdue. Est-ce que je devrais l'appeler ? Ou est-ce qu'elle va croire que je la harcèle si je le fais ? S'il te plaît, écris-moi.

Bisou,
Evie

P.-S. : tu me manques.

DIMANCHE 14 AVRIL

Chère Cilla,

Ce matin avant la messe, Papa lisait la rubrique mariages du *New York Times*, au petit déjeuner. Il y avait un faire-part de deux hommes qui viennent de se marier. Ils étaient tous les deux en costume sombre avec une petite fleur à la boutonnière. L'un portait un Borsalino chic (je crois que c'est comme ça qu'on appelle les chapeaux à large bord) et l'autre avait les cheveux noirs et bouclés. L'un des deux avait un bébé dans les bras. C'était une petite fille, avec une robe blanche à froufrous, qui devait avoir l'âge de ton bébé. Peut-être. Je ne suis pas très douée pour deviner l'âge des bébés.

Papa a tourné la page d'un geste sec dès qu'il a découvert la photo. Il n'a rien dit, mais je l'ai vu plisser les yeux et serrer les dents. Il a ouvert les pages sportives mais j'ai remarqué qu'il ne les lisait pas. C'était un article sur le golf. Il déteste le golf.

Je sais très bien pourquoi il a jeté le journal. Et pourquoi cette photo l'a tant dérangé.

Pourquoi moi aussi je le dérangerais.

Bisou,
Evie

P.-S. : tu me manques.

P.P.-S. : est-ce que tu reçois le *New York Times* au lycée ? Tu as vu la photo de la femme en robe de mariée à paillettes ? C'est le genre que je voudrais quand je me marierai. Si je me marie.

LUNDI 15 AVRIL

Chère Cilla,

June est revenue au collège aujourd'hui ! Elle a dit à M. Gardner qu'elle avait eu la grippe. Je ne la crois pas. Elle n'a pas l'air pâle et elle n'avait pas de mot d'excuse de sa mère. En plus moi je me sens bien. Et comme on s'est embrassées, j'aurais dû l'attraper aussi, non ? Je ne sais pas trop comment ça marche les microbes, quand on s'embrasse. Ça ne devrait pas être pire que ceux qu'on échange quand on se serre la main ?

Quand June s'est assise à côté de moi, j'ai attendu qu'elle me dise « salut » en premier. Elle a eu l'air de vouloir dire quelque chose, mais M. Gardner s'est mis à parler du projet sur lequel on va travailler ce mois-ci.

On commence une séquence sur l'Europe en géo. D'habitude, c'est M. Gardner qui forme les groupes. Cette fois il nous a dit qu'on pouvait choisir. Évidemment je voulais être avec June. Mais je n'allais pas faire le premier pas. Ça aurait été comme de lui demander d'être ma petite copine ou je ne sais quoi.

Joey est allé vers Katie. (Je crois qu'il essaie de me rendre jalouse. Ça ne marche pas.) Tout le monde a trouvé un binôme en trois secondes. Je parie qu'ils ont tous pensé que j'allais me mettre avec June.

C'est ce qui s'est passé au bout du compte. M. Gardner a écrit nos prénoms côte à côte sur le tableau et nous a demandé de choisir un pays sur une liste.

Puis June et moi avons eu la conversation la plus bizarre du monde :

June : Salut.

Moi : Salut.

June : Tu as passé une bonne semaine ?

Moi : Je crois, oui. Tu vas mieux ?

June : Oui. J'ai vomi partout. C'était dégueu.

Moi : Beurk !

June : Ouais ! Maman déteste le vomi. Je crois qu'elle était dans un pire état que moi.

Moi : Oh.

June : Ouais.

Moi : Alors euh... et si on prenait l'Italie ?

C'était exactement comme le jour où on s'est rencontrées, mais en pire. Parce que, ce jour là, on a passé quinze minutes à comparer le sport en primaire et au collège et à dire que c'était mieux en primaire. Aujourd'hui on s'est juste regardées dans le blanc des yeux sans rien dire.

June portait un tee-shirt orange qui rendait son regard aussi sombre que la nuit. Et elle avait teint ses mèches roses en orange aussi, elle était vraiment jolie. J'ai voulu le lui dire tout bas, mais je me suis dégonflée. Quelqu'un aurait pu nous entendre. Et June n'avait peut-être pas envie que je lui fasse un compliment.

À un moment, elle m'a vue la regarder, et elle a souri.

Mon cœur s'est emballé. Je l'ai senti battre dans ma poitrine. Peut-être qu'elle l'a entendu aussi.

Finalement on a pu choisir l'Italie parce que M. Gardner nous a appelées en premier. Je me souviens quand tu avais fait ton exposé sur l'Allemagne et que tu m'avais fait goûter ce truc horrible : la choucroute. Les pâtes et la pizza c'est quand même bien meilleur.

L'exposé est à rendre dans trois semaines. Ça veut dire qu'on est obligées de se voir après les cours et le week-end pour travailler dessus.

Je ne sais pas si je suis contente ou complètement paniquée.

Bisou,
Evie

P.-S. : tu me manques.

MARDI 16 AVRIL

Chère Cilla,

Aujourd'hui j'ai parlé avec June au collège. Pas de ce qui s'est passé. Ce qui est drôle, si on sait qu'on discutait *tout le temps* avant le baiser.

On a parlé de Papa qui est hyper grognon depuis qu'il a arrêté le café pour le carême.

On a parlé de l'enregistreur numérique de June qui est cassé ; maintenant elle ne peut plus copier les films d'horreur diffusés la nuit.

On a parlé de M. Gardner qui ne nous laisse pas manger en cours mais qui passe l'heure à croquer en douce dans des barres protéinées qu'il planque dans son tiroir. Et des bananes aussi, dégueu.

On a parlé de tout sauf du plus important.

Mais au moins on a parlé.

Bisou,
Evie

P.-S. : tu me manques.

MERCREDI 17 AVRIL

Chère Cilla,

Aujourd'hui on a parlé des films Pixar et de notre préférence pour les maillots de bain une pièce ou deux pièces.

On a parlé des chips crème et oignons et des Doritos au piment.

On a parlé de Katie et d'Ethan qui ont eu des problèmes parce qu'ils se sont embrassés à la cantine.

On n'a pas du tout parlé de notre baiser à nous.

C'est un peu comme quand on n'a pas parlé de ce qui s'est passé, toi et moi. Ou de ce qui se passe en ce moment. Tu n'as pas écrit depuis des siècles et je commence à me demander si tu n'es pas malade ou si on ne t'a pas lavé le cerveau. Parce que je sais que les lettres arrivent à Saint-Augustin.

Et pourtant pas de réponse.

Tu te souviens quand je t'ai dit que Papa et Maman ont peut-être peur que j'essaie de chercher le bébé ? Ça m'a fait réfléchir.

Peut-être que je peux le faire. Je peux la retrouver et après, venir te chercher. Peut-être que si on te donne de ses nouvelles, qu'on te montre une photo d'elle, tu arriveras à faire ton deuil. Ou guérir. Peut-être que tu pourras enfin rentrer à la maison.

Tu *voudras* rentrer à la maison.

Bisou,
Evie

P.-S. : tu me manques.
P.P.-S. : verdict : aucun des deux. On veut toutes les deux acheter des tankinis pour aller à la piscine cet été.

JEUDI 18 AVRIL

Chère Cilla,

J'en ai marre d'aller à la messe avec les parents pour demander pardon à Dieu.

Les parents peuvent le faire s'ils veulent, parce qu'ils ont des raisons de se sentir mal. Ce sont eux qui ont mal agi. Et si ce n'est pas le cas, ils ont *toujours* peur d'avoir mal agi.

Ça doit être épuisant.

Parce que moi ça m'épuise de passer mon temps à chercher comment les rendre heureux.

Ça m'épuise de faire semblant.

Et si j'ai envie d'avoir un dieu différent de celui qui va me détester à cause de la personne que j'aime ?

Bisou,
Evie

P.-S. : tu me manques.

VENDREDI 19 AVRIL

Chère Cilla,

Est-ce que tu crois encore en Dieu ? Je crois que moi, oui.

Je me sens mieux quand je prie. Que mes prières soient exaucées, ou non, ça me fait du bien de savoir que quelqu'un veille sur moi.

Surtout maintenant que tu es partie.

Papa et Maman me forcent à prier maintenant. C'est ce qu'ils croient que je fais en ce moment.

Mais Maman n'est pas là, alors j'en profite pour t'écrire à la place. Je préférerais être proche de toi que proche de Dieu. Je commence à manquer de papier à lettres. C'est drôle, quand Tante Megan m'a offert celui-ci, je ne pensais pas utiliser plus de quelques feuilles. Je vais devoir prendre des feuilles blanches simples pour t'écrire maintenant. Ou acheter du papier à lettres.

J'espère ne pas en avoir besoin, pour tout dire. Peut-être que tu reviendras quand j'aurai utilisé ma dernière feuille. C'est peut-être du papier magique qui te fera réapparaître dans un nuage de fumée quand j'aurai écrit la dernière ligne.

Ça a autant de chances d'arriver que ma lettre de Poudlard.

Je crois que je vais prier pour de bon finalement. Je vais prier pour que Maman et Papa ne me chassent pas de la maison quand ils comprendront ce qui m'arrive.

Je vais prier pour que tu sois heureuse, que ton bébé soit en sécurité et que June et moi arrivions à démêler ce qu'il y a entre nous.

Je vais prier parce que ça va m'aider à me sentir un peu mieux.

Bisou,
Evie

P.-S. : tu me manques.

DIMANCHE 21 AVRIL

Chère Cilla,

Joyeuses Pâques ! C'est la première fois qu'on ne le fête pas ensemble. J'ai mis ma robe de Pâques toute neuve pour la messe ce matin. Elle m'arrive aux genoux, elle est rose, avec des fleurs vertes et bleues. J'ai dit à Maman qu'elle n'était pas obligée de m'en acheter une puisque celle de l'année dernière me va toujours, mais elle a insisté.

— C'est une tradition, Evie ! Je vous en achète une à toi et Cil...

Elle s'est arrêtée et a pincé ses lèvres très fort.

— Je t'achète une robe tous les ans. Ça fait partie de la fête.

— Maman, Cilla ne devrait pas faire partie de la fête ? Elle peut revenir à la maison pour Pâques ?

J'ai retenu ma respiration en attendant la réponse.

— Cilla *faisait* partie de la fête, a-t-elle lâché d'une voix tremblante. Plus maintenant.

— Mais son école n'est pas une prison ! j'ai hurlé. On peut la faire revenir. Ou aller la voir. Ce serait chouette, non ?

Maman a serré les poings comme une boxeuse. Je sais bien qu'elle n'allait pas me frapper, mais elle m'a fait peur, elle était comme un volcan sur le point d'entrer en éruption.

— On ne peut pas la voir.

Elle l'a dit tout bas. Ça m'a rendue encore plus furieuse. Parce qu'on pourrait te voir, s'ils arrêtaient d'être si bornés. Et si tu arrêtais aussi d'avoir honte.

Tu as eu un bébé. Ce n'est pas un crime.

Tu n'es pas en Australie, non plus. Ton école ne se trouve qu'à six heures de route.

(Je parie que ça te plairait. Tu te souviens, au zoo, quand tu avais passé une heure devant l'enclos des koalas ? Ils étaient tellement mignons, bien plus que les bébés singes que tout le monde regardait.)

Maman n'a pas cédé. Elle n'arrêtait pas de dire : « On ne peut pas, on ne peut pas », comme un robot. Ça m'a fait tellement peur que je suis retournée dans ma chambre pour écouter la BO de *La Belle et la Bête*. (Qui me fait penser à June.)

Papa est en train de sortir le gigot du four. Maman a préparé une tonne d'accompagnements. Je me suis occupée du dessert. J'ai fait la tarte pomme-cannelle qu'on a testée avec June le mois dernier. Elle n'a pas l'air aussi réussie (et c'était moins drôle à faire toute seule), mais je crois qu'elle sera bonne.

Je vais envoyer un mail à June. On doit se retrouver demain après les cours pour commencer notre exposé.

Je suis impatiente. Et nerveuse. Tellement nerveuse que je viens de créer une nouvelle adresse mail : Maman connaît mon mot de passe et consulte ma boîte de temps en temps. (Je n'ai jamais voulu qu'elle lise mes mails, maintenant c'est clair que, ceux-là, il ne faut *pas* qu'elle les voie.)

Bisou,
Evie

P.-S. : tu me manques.
P.P.-S. : je viens d'écrire à June. Elle a répondu tout de suite. En majuscules. SALUT. TROP CONTENTE DE TE VOIR DEMAIN !
P.P.P.-S : je n'ai absolument rien à me mettre.

MARDI 23 AVRIL

Chère Cilla,

On a enfin parlé de ce qui s'est passé.

Et elle m'a pris la main.

Je suis trop excitée pour écrire.

Bisou,
Evie

P.-S. : AAAAAAAAAAAAAHHHHHH !

MERCREDI 24 AVRIL

Chère Cilla,

June a les mains douces, comme si elle n'avait jamais fait la vaisselle de sa vie. Ses ongles sont longs, lisses et pointus. Sa bague avec la perle à sa main gauche était froide dans ma paume.

Se tenir la main c'est encore mieux que s'embrasser.

Il n'y a pas eu de baiser cette fois. Tant mieux, car ce baiser nous a fait peur à toutes les deux. On n'est qu'en cinquième. Je sais que les autres s'embrassent, mais je ne crois pas être encore prête. Surtout pour un baiser avec la langue.

Tu veux savoir ce qui s'est passé ? Je me souviens de tous les détails. Je m'en souviendrai toujours.

Je suis allée chez June pour préparer l'exposé hier. Il était hors de question qu'elle vienne à la maison. J'étais certaine qu'à la seconde où Maman nous verrait, elle devinerait. Elle ferait arrêter June par la police et m'enverrait dans un camp pour « arrêter d'être gay ».

Je ne lui ai même pas dit que j'allais chez June. J'ai prétendu que j'allais chez Maggie, en croisant les doigts pour qu'elle n'appelle pas les Taylor.

On a travaillé pendant deux heures. C'est bien comme sujet, l'Italie, surtout que M. Gardner a dit qu'on pouvait choisir n'importe quel aspect du pays. Je voulais parler de la cuisine italienne, mais June m'a persuadée de choisir l'art ; c'est vrai qu'on s'était bien amusées à peindre les décors pour la pièce. On a emprunté l'ordinateur de sa mère pour rechercher des artistes (Léonard de Vinci, Michel-Ange) et des œuvres (la chapelle Sixtine, la place d'Espagne). Je n'étais pas sûre que ce genre de monuments soient de l'art, mais June a dit que oui.

On n'avait pas encore parlé du baiser. On a parlé du film d'horreur qui passait la veille (June l'a regardé avec sa mère et moi j'ai réussi à voir la rediff quand Maman et Papa sont allés se coucher) ; on a ri parce qu'on aurait dit que M. Barrett avait du rouge à lèvres, il avait dû manger une sucette à la cerise. On s'est demandé aussi si on ferait encore partie de l'équipe technique l'année prochaine. June veut passer l'audition, mais moi je crois que ma carrière sur scène est terminée. Elle a demandé de tes nouvelles.

Je devais avoir l'air triste parce qu'elle s'est mise à me chatouiller. J'ai hurlé de rire. (Évidemment. Je suis la personne la plus chatouilleuse du monde. Tu te souviens de la fois, à l'anniversaire de l'oncle Bobby, où j'ai fait pipi dans ma culotte à cause de toi et que les jumeaux m'ont appelée Evie Pipi pendant *trois ans* ?)

Comme June ne s'arrêtait pas, je l'ai chatouillée aussi. Elle est aussi chatouilleuse que moi. Alors elle m'a attrapé les mains et moi aussi et on s'est débattues puis on s'est rapprochées. On a arrêté de rire. J'ai rougi jusqu'aux oreilles et June s'est mordillé la lèvre.

— On devrait se remettre au travail, j'ai dit.

— Oui.

Elle s'est encore mordillé la lèvre, c'était mignon.

— Je suis désolée d'avoir disparu si longtemps. J'étais vraiment malade.

— Je te crois, j'ai dit.

C'est vrai. Mais ça m'embêtait quand même. On ne s'est pas parlé pendant une semaine.

— Mais est-ce que tu m'as évitée ?

June a baissé les yeux. Puis elle a regardé le plafond. Il n'y avait rien là-haut.

— Oui, peut-être. Mais parce que j'avais peur. Je n'ai jamais fait ça avant. J'ai pensé que j'étais nulle. Ou que mes bagues t'avaient fait mal. Ou que tu ne m'aimais pas trop.

— Je n'ai même pas senti tes bagues ! Et c'est *moi* qui t'ai embrassée. Évidemment que je t'adore.

Je t'adore.

Je l'avais dit. Je ne pouvais plus le retirer. Je n'avais pas envie de le retirer.

— Moi aussi je t'adore, a murmuré June.

J'ai eu l'impression qu'on défaisait enfin le nœud que j'avais dans la poitrine depuis une semaine. Puis je me suis aperçue que June me tenait la main.

— J'ai peur, j'ai murmuré.

— Moi aussi, a dit June.

On n'a rien ajouté. C'était inutile.

Mais le plus fantastique de l'après-midi, c'est qu'on ne s'est plus lâché la main. On est restées dans la chambre de June pendant encore une heure ! J'ai passé soixante minutes à feuilleter des livres de la main droite et June à prendre des notes de la main gauche.

Soixante minutes à faire les idiotes, à être un peu gênées, et à avoir les mains moites... c'était génial.

Bisou,
Evie

P.-S. : tu me manques. J'aurais bien voulu te raconter ça en tête à tête.

VENDREDI 26 AVRIL

Chère Cilla,

Katie et Ethan se tiennent la main dans le couloir.

Miri et Nolan se tiennent la main dans le couloir. (Parfois elle met même sa main dans la poche arrière du jean de Nolan alors que c'est trop dégueu.)

Je parie que Maggie tiendrait la main de Dominic dans le couloir s'il était dans notre collège.

Moi je ne peux tenir la main de June que quand on est dans sa chambre. Ou dans la mienne. Ou sous la table du fond à la bibliothèque, où personne ne va jamais.

On se tient la main dès qu'on est seules depuis la première fois dans la chambre de June. Au début, mille pensées me traversaient l'esprit :

Si je me rapproche trop, est-ce qu'elle va croire que je suis trop pressante ? Si je suis trop loin, elle va croire que je ne l'aime pas. Mais je lui tiens la main, donc évidemment qu'elle sait que je l'aime. Et si elle tenait la mienne juste pour me faire plaisir ? Est-ce qu'elle veut m'embrasser ? Est-ce que je veux l'embrasser ? Est-ce que j'ai une bonne haleine ?

Tout ça en dix secondes.

Est-ce que c'était comme ça pour toi, avec Alex ?

Sortir avec quelqu'un (du moins, ce qu'on fait, June et moi), c'est trop compliqué !

Je ne pourrais pas tenir la main de June en public. J'ai peur du regard des autres. Et si on me crie dessus ?

Si je m'attire des ennuis ? Et si on m'envoie chez la principale et qu'elle appelle les parents ?

J'ai l'impression que je ne devrais pas me préoccuper de tout ça. Que je devrais dire aux gens que je suis amoureuse de June.

Mais je ne suis pas prête. Ça paraît encore un peu trop étrange.

Je ne veux pas avoir honte de moi, pourtant c'est le cas.

Je suis quelqu'un d'horrible.

Bisou,
Evie

P.-S. : tu me manques.

MERCREDI 1er MAI

Chère Cilla,

Aujourd'hui après les cours on est allées manger une pizza avec June. On avait de l'argent pour la cantine à midi, mais on avait le choix entre le hachis Parmentier et les « pâtes Alfredo » (en gros des nouilles pâteuses et collantes). Pour nous c'était clair : AUCUN DES DEUX. On a crevé de faim jusqu'à 15 heures.

La pizzéria était bondée mais on a trouvé une table libre tout au fond. On a discuté de la garniture (moi j'aime pepperonis et June oignons-poivrons, donc on a fait moitié-moitié). Ensuite on a choisi les chansons qu'on voulait passer dans le jukebox (tu te rappelles quand Papa et Maman ont mis leur chanson de mariage et qu'ils ont dansé ? Tu avais trooooop la honte !). Et pour finir je lui ai posé *la* question.

Du moins j'ai essayé. En fait j'ai paniqué alors on a parlé du livre qu'on lit pour les cours.

Puis on a joué à inventer les vies des gens autour de nous.

Le grand type à moustache était un peintre français venu rechercher la femme qu'il avait rencontrée à Paris des années plus tôt.

La vieille dame qui venait chercher une commande à emporter était une ancienne comédienne de Broadway.

Puis on a vu quelque chose qui m'a enfin donné le courage de poser *la* question à June : « Est-ce que tu es ma petite copine ? »

On a vu deux filles assises à une table qui se tenaient la main. Elles ne s'embrassaient pas, ni rien, mais on a su.

Elles sortaient ensemble.

Elles avaient l'air heureuses. Plus heureuses que moi depuis un bout de temps.

Alors j'ai fait semblant.

J'ai fait semblant que d'autres gens que nous éprouvaient ce genre de choses.

J'ai fait semblant que moi aussi je serais heureuse un jour.

J'ai fait semblant que je n'aurais pas à me cacher.

Je me suis sentie mieux.

C'est là que j'ai posé la question. Parce que je m'en fichais pas mal d'être critiquée par les autres. Je voulais seulement continuer à être heureuse.

June a dit « oui » d'une toute petite voix de souris.

— Enfin, je crois, a-t-elle ajouté.

Elle a pris ma main sous la table et l'a lâchée quand le serveur nous a apporté notre pizza. Il nous a averties qu'elle était brûlante avant de s'éloigner. J'avais le visage aussi chaud que la pizza.

— Désolée, a-t-elle dit.

Je lui ai répondu que ce n'était rien. Je crois qu'on va mettre du temps à ne plus avoir peur des autres.

On aura peut-être toujours peur.

Au moins, la mère de June s'en fiche qu'elle soit gay. C'est elle qui le lui a dit une fois, il y a longtemps. Mais June a quand même peur. Elle dit que c'est parce qu'elle fait déjà partie d'une minorité ; elle a déjà vu comment on traitait sa mère parfois.

Elle a peur de lui rendre la vie encore plus difficile.

Moi j'ai peur de Papa et Maman.

Mais on s'aime toutes les deux.

Est-ce que ça en vaut la peine ?

Je n'ai pas de réponse.

Alors on a mangé notre pizza. On a continué à jouer à notre jeu. On a fait semblant que le petit garçon qui venait d'entrer avec sa mère avait des pouvoirs télépathiques. On a fait semblant que la fille qui préparait les pizzas derrière le comptoir allait devenir la première femme à aller sur Mars.

On a fait semblant qu'on sortait ensemble toutes les deux, aussi.

Bisou,
Evie

P.-S. : tu me manques.

JEUDI 2 MAI

Chère Cilla,

On a fait semblant au collège aujourd'hui, aussi. Sans se tenir la main et sans s'embrasser (on n'a toujours pas réessayé), mais quand même.

Être des petites copines, c'est plus quelque chose qu'on ressent que quelque chose qu'on fait. C'est quelque chose qu'on pense.

Toute la journée, j'ai pensé à ma petite copine.

Ma journée a été différente. Illuminée, même s'il pleuvait, il y avait des petits rayons de soleil pour éclairer mes pas. C'était comme la différence entre l'eau plate et l'eau gazeuse. J'avais des petites bulles à l'intérieur de moi qui n'ont pas arrêté d'éclater toute la journée.

À midi, j'ai avoué à June ce que je faisais :

— Je fais semblant que tu es ma petite copine aujourd'hui.

Elle a gloussé.

— Moi aussi.

Puis elle m'a donné un petit coup de coude avant de mordre dans son sandwich.

C'était une super journée. En rentrant, j'ai imaginé ce que ce serait de le dire à Papa et Maman. J'ai imaginé qu'ils étaient le genre de parents qui me prendraient dans leurs bras et m'aimeraient quoi qu'il arrive.

Je l'ai vraiment souhaité. Et puis j'ai pensé au jour où Papa et Maman ont découvert que tu étais enceinte.

Et j'ai compris que mon souhait n'allait jamais être exaucé. Si je leur dis que j'aime les filles, ils penseront que je suis encore pire que toi. Ils me haïront.

Ils me chasseront, moi aussi.

Je me suis sentie seule tout à coup, comme la fois où j'ai perdu Maman dans la galerie marchande, quand j'avais cinq ans. J'étais petite et Maman dit que je ne m'en souviens sûrement pas pour de vrai, mais si. Je me souviens que mon cœur s'était mis à battre à tout rompre. Ça sentait la friture des restaurants. J'avais pensé que Maman m'avait laissée toute seule et qu'elle ne reviendrait jamais, que j'allais devoir dormir dans un magasin de meubles.

Puis j'ai vu Maman dans la queue de la caisse : elle n'avait pas bougé. J'avais oublié comment elle était habillée et je ne la retrouvais pas.

Ça m'a fait ça hier : tout à coup je n'étais plus seule, condamnée à une vie d'errance.

Sauf qu'au lieu de Maman, j'ai aperçu Katie et Maggie.

Je me suis rendu compte que je pouvais peut-être leur dire à elles.

Que tu n'es pas la seule à qui je puisse demander de l'aide.

Bisou,
Evie

P.-S. : tu me manques.

SAMEDI 4 MAI

Chère Cilla,

Après t'avoir écrit ma dernière lettre, je me suis rappelé une chose que tu as dite l'an dernier. C'est possible que tu ne t'en souviennes plus. C'était le soir du bal de promo, tu avais le plus gros bouton du monde en plein milieu du front.

Ça, je suis sûre que tu t'en souviens. Il était énorme et rouge, parfaitement assorti à ta robe. Je l'ai vu avant toi. J'ai eu peur de te le faire remarquer, mais je ne voulais pas que quelqu'un me prenne de vitesse. Surtout pas Alex. J'ai pensé que tu allais hurler et refuser de mettre les pieds hors de la maison, mais tu t'es contentée de hausser les épaules en remettant du rouge à lèvres.

« Je ne peux rien y faire maintenant, tu as dit.

— Mais tu n'as pas peur qu'on se moque de toi ? Tu ne veux pas de correcteur ? »

La sœur de Maggie en met plein. Elle a des boutons partout.

Tu m'as regardée droit dans les yeux. C'était vraiment un truc de grande sœur.

« Non. Je déteste le correcteur. Ce n'est qu'un bouton. Je ne vais pas laisser quelque chose auquel je ne peux rien changer me gâcher la soirée. »

Tu étais tellement mature. Je me rappelle avoir pensé que tu étais super belle malgré ton furoncle sur la figure.

Je n'arrête pas d'y repenser. « Je ne vais pas laisser quelque chose auquel je ne peux rien changer me gâcher la soirée. »

Voilà ce que je vais faire : je ne vais pas laisser quelque chose auquel je ne peux rien changer me gâcher la vie.

Je vais parler de June et moi à Katie et Maggie. C'est la bonne décision.

Et quoi qu'il arrive, ça ira.

Bisou,
Evie

P.-S. : tu me manques.

P.P.-S. : souhaite-moi bonne chance. Je dirais bien « prie pour moi » mais je ne suis pas sûre que ce soit approprié.

LUNDI 6 MAI

Chère Cilla,

J'ai failli parler à Katie et Maggie aujourd'hui, mais je me suis dégonflée. Pourtant j'avais répété.

Mon plan était simple : pas d'hésitation, pas de changement de sujet. Le seul moyen, c'était de tout lâcher d'un coup, sans réfléchir et sans respirer :

« Vous n'étiez pas au courant mais Cilla est tombée enceinte l'année dernière et mes parents la détestent tellement qu'ils lui ont lavé le cerveau pour qu'elle aille en internat hyper strict et maintenant elle est tellement bizarre quand elle m'écrit que je m'inquiète beaucoup et j'ai vraiment besoin de la retrouver parce que je crois que je suis lesbienne et je ne sais pas quoi faire. »

Puis j'allais devoir respirer profondément pour ne pas m'évanouir.

J'avais révisé mon discours toute la journée. Avec June avant les cours. Dans ma tête, au déjeuner. La seule fois où je n'y ai pas pensé, c'était quand on a présenté notre exposé sur l'Italie. (Il était génial d'ailleurs. On a fait une belle carte avec les grandes villes et une œuvre d'art pour chaque endroit. On a utilisé tout ce qui nous tombait sous la main au lieu d'emprunter des images toutes faites. June a réalisé une *Mona Lisa* avec des feuilles et des baies. Moi j'ai fait une fontaine de Trevi avec des cailloux du lac Freeman. Je suis sûre qu'on va avoir un A.)

Et puis j'ai joué les grosses lâches, évidemment. On était devant le collège en attendant que la mère de Maggie vienne les chercher pour leur cours de chant. June était partie pour que je puisse leur parler seule. Le timing était parfait.

— Alors, qu'est-ce que tu devais nous dire ? a demandé Maggie.

Elle n'arrêtait pas de regarder l'heure sur son téléphone. Elle a une nouvelle coque blanche avec des faux diamants dessus.

Je me suis repassé mon discours dans la tête une dernière fois. Puis j'ai imaginé Maggie tenant sa croix autour du cou et me hurlant que j'étais malade. Et Katie se moquant et le disant à tout le collège. J'ai même imaginé qu'il y avait des micros cachés dans les buissons qui allaient diffuser ma confession à toute la ville.

Alors je n'ai rien dit. J'ai raconté que j'avais besoin de leur aide pour organiser l'anniversaire de June. C'est en août, donc mon histoire n'avait ni queue ni tête. Mais elles n'ont pas fait attention parce que la mère de Maggie est arrivée juste après en leur criant qu'elles étaient en retard.

Je me suis retrouvée toute seule.

Je vais réessayer bientôt.

Bisou,
Evie

P.-S. : tu me manques.

JEUDI 9 MAI

Chère Cilla,

Papa et Maman se comportent bizarrement ces derniers temps. C'est-à-dire plus bizarrement que d'habitude. Maman ne cuisine plus autant et ne regarde plus autant d'émissions de déco, maintenant elle passe son temps à me coller. Comme si j'étais un bébé qui allait mettre dans sa bouche les petits objets de la maison.

Papa semble toujours énervé quand il me regarde. *Quand* il me regarde, c'est-à-dire rarement.

J'essaie de me persuader que c'est dans ma tête, parce que j'imagine qu'ils vont forcément finir par me détester.

Puis je me retourne, et Maman est là.

Puis Papa quitte la pièce dès que j'entre.

Et j'ai de nouveau peur.

Bisou,
Evie

P.-S. : où es-tu, Cilla ? Tu me manques.

VENDREDI 10 MAI

Chère Cilla,

Le dire à Katie et Maggie me fiche la trouille. C'est tellement plus facile de t'écrire. Parce que je ne t'ai pas en face. Et puis il y a un temps entre le moment où je t'écris et le moment où tu lis. Dans un sens, c'est comme si je ne le disais à personne.

Personne ne me juge.

Personne ne pense que je suis malade parce que je tiens la main d'une fille.

Personne n'arrête de me parler ni ne m'envoie dans un foyer pour collégiennes lesbiennes. (Ça existe, tu crois ?)

Personne ne me prend dans ses bras. Ni ne me donne de conseils.

On est seul, quand on ne parle à personne.

Bref, je vais le dire à quelqu'un d'autre. Pour de vrai, cette fois.

Et puis je te retrouverai. Parce que ça devient ridicule. Je ne t'ai pas vue et je n'ai pas entendu ta voix depuis juin. Ça fait presque un an. Un an, c'est long. Il peut se passer tant de choses en un an !

Je ne veux pas que ça dure plus longtemps.

Et puis Katie et Maggie ne connaissent pas les parents comme tu les connais. Et j'ai besoin de conseils. J'ai besoin de savoir si je devrais ou pas leur dire la vérité.

Et ce qui se passera si je le fais.

Bisou,
Evie

P.-S. : tu me manques.

DIMANCHE 12 MAI

Chère Cilla,

Je l'ai fait ! Je l'ai fait ! Je l'ai dit à Katie et Maggie et... ça s'est bien passé... Elles étaient surprises. Choquées, même. Mais après, plutôt contentes.

Après cette fois où je me suis dégonflée, je leur ai envoyé un mail. On a fixé une date pour se voir au parc. Je l'ai même notée au marqueur noir sur mon calendrier pour ne pas annuler.

Puis j'ai appelé June pour savoir si elle était libre, parce que j'avais besoin de son soutien moral. Évidemment j'avais choisi le seul après-midi où elle n'était pas là. Elle ne pouvait pas se libérer, sa grand-mère et son oncle venaient déjeuner chez elle précisément ce jour-là.

De toute façon elle m'a dit de leur dire sans elle. Que Maggie et Katie étaient mes amies et que si elles me jugeaient, c'était qu'elles n'étaient pas de vraies amies. Je le savais déjà, mais je crois que ces mots n'étaient pas encore passés de mon cerveau à mon cœur. La peur s'en est mêlée, parce qu'un monde sans Katie et Maggie (même si on ne s'est pas beaucoup vues ces derniers temps) me paraît terrible.

Mais un monde sans June me rendrait tout aussi triste.

Bref, on s'est vues au parc. Les jonquilles et les crocus sont en fleur en ce moment. Il y avait même quelques canards. Un petit garçon leur lançait du pain, avec sa mère.

Tu te souviens quand on faisait ça ? Maman gardait les croûtons pour nous. On donnait des noms aux canards : Freddie, Delilah, Marjorie et Supergirl. C'est moi qui avais choisi le dernier.

C'était le canard le plus cool. Il avait des taches jaunes en forme de S sur le dos.

Du coup, quand les filles sont arrivées, j'ai fait semblant d'avoir le courage de Supergirl. J'ai dit exactement ce que j'avais prévu, d'une traite, pour ne pas me dégonfler.

Katie a ouvert grand la bouche.

Maggie a ouvert grand les yeux.

— C'est vrai ? a demandé Katie.

— Tu aimes les filles ? a demandé Maggie. Genre pour de vrai ? Genre tu peux les embrasser ?

— Donc tu es lesbienne ?

Katie n'a pas dit ça sur le même ton que Maman quand on a accidentellement mis de la mayonnaise dans son hamburger. Ou comme Papa quand il pleut alors qu'il a un match de frisbee.

Elles ne se sont pas enfuies en hurlant. C'était bon signe.

— Je crois, j'ai dit. Enfin, j'ai embrassé une fille.

— Hein ? a crié Maggie. Tu as eu ton premier baiser avant moi ?

Elle m'a poussée gentiment.

(Car nous sommes toujours amies !)

Je crois que j'ai rougi.

— Juste une fois !

— Avec qui ? a demandé Katie qui sautillait dans tous les sens avec sa queue-de-cheval qui se balançait. C'est trop cool ! D'abord Ethan et moi, puis Maggie et Dominic et maintenant Evie et quelqu'un !

C'était fabuleux. Elles se sont comportées comme si j'avais parlé d'un garçon, comme si tout était parfaitement normal.

Alors je leur ai parlé de June. (Katie a grogné : « Mais bien sûr ! Ça paraît tellement évident maintenant ! »)

Puis je leur ai parlé de toi.
Elles ont été chouettes. Vraiment adorables.
Ce sont mes meilleures amies.

Bisou,
Evie

P.-S. : tu me manques.
P.P.-S. : Katie et Maggie sont d'accord avec moi, il faut que je te voie. On a élaboré un plan. On était de nouveau proches. C'était formidable.

MARDI 14 MAI

Chère Cilla,

Je suis passée par le lycée après les cours tout à l'heure. C'était la première phase de notre plan. Leurs cours étaient terminés depuis une heure, mais il restait encore quelques élèves devant. Je portais mon imper noir et mes lunettes de soleil. J'avais même mis une casquette de base-ball de Papa pour que personne ne me reconnaisse et n'aille le raconter aux parents. J'aurais été punie pendant un an s'ils avaient su que je cherchais Alex. Ou cinq ans même. Mais ça valait le coup si Alex pouvait m'aider à comprendre ce qui t'arrive. Ou s'il savait où est le bébé. (Après tout, c'est aussi sa fille.)

Peut-être même qu'il accepterait de me conduire à Saint-Augustin.

Je suis allée au terrain de base-ball. Les joueurs s'entraînaient. Je ne l'ai pas vu.

J'étais habillée en espionne, avec le col de mon manteau relevé. C'était un déguisement bête mais ça a marché : personne ne m'a reconnue. J'ai décidé de mettre ma couverture en péril quand un des joueurs s'est éloigné pour aller boire. Je lui ai fait signe d'approcher.

Et il m'a appris qu'Alex n'était plus dans l'équipe ! Il n'a même pas passé les essais cette année. C'est bizarre, non ? Il parlait de base-ball à longueur de temps avant. Il portait son maillot des Red Sox en permanence. Cela dit, je ne l'ai pas vu à l'église depuis longtemps.

Bref, Alex n'était pas au lycée. J'aurais pu aller chez lui, mais ça m'a semblé trop risqué. J'avais l'impression que Maman et Papa recevraient un signal à la seconde où je me serais approchée de chez lui.

Passons à l'étape deux.

Bisou,
Evie

P.-S. : tu me manques.

MERCREDI 22 MAI

Chère Evie,

Je ne rigole pas. Arrête de m'écrire. N'essaie pas de venir me voir. Il faut que tu apprennes à vivre sans moi.

Ta sœur,

Cilla

LUNDI 27 MAI

Chère Cilla,

Je vais ignorer ta dernière lettre. Je fais comme si je ne l'avais pas reçue. Parce que je ne crois pas que tu penses ce que tu écris. Tu veux me voir, c'est sûr. Tu souffres, c'est tout. Et moi, je vais t'aider. Alors… voici le plan !

Étape deux : trouver Anna. (Ou quel que soit son prénom. Pour moi, c'est Anna.)

Katie pense aussi que tu dois être déprimée. Maggie pense que si tu sais qu'Anna est heureuse, tu arrêteras de te sentir mal d'être une « mère ado ». June dit que tu pourras peut-être penser que ta grossesse est arrivée « pour le mieux ». Je ne suis pas trop d'accord, mais peut-être qu'Anna est bel et bien heureuse dans sa nouvelle famille.

Tout ça m'a rendue triste alors j'ai changé de sujet, et on a commencé à mener l'enquête.

On a cherché les agences d'adoption dans le coin. Il y en a quatre : trois à Boston, une à Providence. J'ai noté leurs numéros et on a appelé. Papa était au travail, Maman faisait les courses. On avait tout juste une heure.

(Et je ne voulais pas qu'elle sache que June était là. Elle a été très désagréable avec June la dernière fois qu'elle est venue me chercher au collège pour mon rendez-vous chez le dentiste.)

Toutes les agences ont répondu la même chose : confidentiel, confidentiel, confidentiel ! Elles n'ont rien pu nous dire, « c'est la loi ! » J'ai essayé d'imiter Maman mais le type de l'agence ne m'a pas crue. J'ai la voix trop aiguë. J'aurais peut-être pu passer pour Maman qui aurait avalé de l'hélium, mais je n'ai pas pensé à cette excuse à temps.

Il m'a raccroché au nez. Trop malpoli.

June a pensé que tu aurais pu passer par une agence près de ton internat. On a appelé trois autres endroits. Rien à faire. Tous des malpolis !

Je n'arrête pas de m'imaginer Anna : pleine de cheveux bruns bouclés, comme toi. Des yeux verts et des taches de rousseur. Un petit sourire qui me fera toujours marrer.

Je ne compte pas baisser les bras. Il faut que je sache si elle va bien.

Peut-être qu'après, *tu* iras bien.

Bisou,
Evie

P.-S. : tu me manques.

MERCREDI 29 MAI

Chère Cilla,

L'étape trois (on ne sait pas encore ce qu'on va faire) devra attendre. Parce que j'ai un rendez-vous ! (Imagine-moi en train de danser dans ma chambre. Maintenant imagine-moi en train de trébucher sur ma chaise et de tomber sur le tas de linge sale par terre. C'est ce qui vient de se passer !)

Pas grave. Parce que j'ai un rendez-vous avec June vendredi ! Mon tout premier rendez-vous ! (Les fois où on a fait nos devoirs et où on s'est tenu la main dans sa chambre ne comptent pas.)

Là, c'est un vrai rendez-vous, même un double rendez-vous, avec Katie et Ethan. Au début j'en ai voulu à Katie de l'avoir dit à Ethan, mais je crois que ça ne le dérange pas, parce qu'il a choisi le film qu'on va voir, une histoire de courses de voitures dans des tunnels. Ça a l'air nul, mais je m'en fiche.

J'AI UN RENDEZ-VOUS ! Avec ma petite copine !

Chaque fois que j'y pense, mon ventre devient tout chaud comme quand je bois du chocolat aux chamallows.

Bisou,
Evie

P.-S. : tu me manques.
P.P.-S : j'aimerais vraiment que tu sois là, parce que je ne sais pas du tout quoi mettre pour un premier rendez-vous.

JEUDI 30 MAI

Chère Cilla,

Papa et Maman sont horribles. HORRIBLES. Ils ont dit que je n'avais pas le droit d'aller au cinéma avec June demain.

Voilà ce qui s'est passé : ils étaient à une réunion pour le caté ce soir, mais elle s'est terminée plus tôt que prévu. Quand ils sont rentrés avec de la nourriture chinoise, June était encore là. Oups.

Je sais qu'ils ne l'aiment pas. Mais je veux vraiment les faire changer d'avis. Donc je leur ai demandé si June pouvait rester dîner chez nous. Je savais bien qu'ils seraient trop polis pour refuser.

J'avais raison. Sauf que je n'avais pas pensé à la prière.

Quand on a tous baissé la tête, June n'a rien fait. Elle est restée tête levée, sans joindre les mains, rien ! Maman s'est interrompue pour lui demander ce qui n'allait pas.

— Tu ne connais pas la prière ?

June a secoué la tête.

— Non, madame.

— Est-ce que tu veux l'apprendre ?

— Non, merci.

J'avais le cœur qui battait à toute allure.

— Eh bien, tu devrais remercier Dieu pour le repas qui est devant toi, a dit Maman d'un ton qui signifiait « je le sais mieux que toi parce que je suis une adulte ».

— Je n'ai pas besoin de remercier Dieu pour ce repas, a répondu June.

Les parents se comportaient comme si elle était grossière alors qu'elle était très polie.

— Je peux vous remercier, vous, de me l'avoir servi.

J'ai été fâchée contre elle une demi-seconde. Elle devait bien se douter que ça allait m'attirer des ennuis. J'aurais préféré qu'elle fasse semblant de prier, juste un instant.

Puis j'ai réfléchi à un truc : pourquoi est-ce qu'elle serait obligée de prier ? Elle ne croit pas en Dieu et c'est très bien comme ça. Personne ne devrait la forcer à faire quelque chose auquel elle ne croit pas. En fait, June avait raison. Ce n'est pas Dieu qui nous a donné ce repas. C'est le personnel de *Long's Kitchen* qui l'a préparé. Dieu n'a pas cuisiné ce repas, il n'a pas récolté le riz ni fait pousser les brocolis. Ce sont des personnes qui ont fait ça.

Pourquoi on ne remercie pas les gens autant qu'on remercie Dieu ? Ça rendrait peut-être le monde meilleur.

C'est comme quand Maman et Papa m'ont dit de remercier Dieu pour mes bonnes notes l'année dernière. Ce n'est pas Dieu qui a travaillé dur, c'est moi !

Tout commence à me paraître très logique et très illogique en même temps. Je ne sais plus quoi croire. Peut-être que croire en Dieu est une habitude dans laquelle je me suis engluée. Je ne pensais à rien parce que je n'avais pas l'impression de devoir penser. Maman et Papa y croient, donc ça doit être vrai.

À présent, je réfléchis. Je pose des questions. C'est grâce à June. C'est pour ça que je l'adore.

Papa et Maman ne l'aiment pas du tout. C'est débile. Ce n'est pas parce qu'elle ne croit pas en Dieu qu'elle est méchante. Elle ne dit pas de gros mots et elle ne torture pas les bébés chats.

Elle croit en quelque chose de différent. De même que toi, tu as *fait* quelque chose de différent.

Le reste du dîner a été affreux. June a dit qu'elle allait rendre visite à ses anciennes copines en Californie cet été, et qu'elle adore le sport en ce moment parce qu'on fait de la gym. Maman et Papa ont à peine prononcé trois mots et moi je n'ai presque rien mangé.

Après le dîner, ils m'ont dit qu'ils ne voulaient plus que je traîne avec June.

— Elle a une mauvaise influence, a dit Maman.

Après quoi, malgré mes protestations, elle m'a ordonné d'annuler notre rendez-vous du lendemain.

Je vais désobéir.

Bisou,
Evie

P.-S. : tu me manques.

VENDREDI 31 MAI

Chère Cilla,

Cette soirée avait bien commencé. La meilleure soirée de ma vie.

On s'est retrouvés *Chez Tony* avant d'aller au ciné. J'ai dit aux parents que j'allais voir Katie et Ethan et ils m'ont crue !

Ou alors ils ne m'ont pas entendue parce que je l'ai annoncé super vite pendant qu'ils regardaient la télé.

(Un truc que tu m'as appris.)

C'était bondé *Chez Tony*. Et ça sentait la vieille basket et le déo de garçon mélangés à la sauce tomate. Mais je mourais de faim. Je n'avais rien mangé de la journée tellement j'étais nerveuse.

Penser à son premier rendez-vous + mentir aux parents = TROP DE STRESS.

Le rendez-vous était plus angoissant que le mensonge. Ce qui me paraît bizarre. J'ai vu June quasiment tous les jours depuis son arrivée ici, pourtant je n'avais jamais eu tous ces papillons dans le ventre. Des papillons énormes. Des papillons mutants.

On n'allait pas faire nos devoirs ce soir comme d'habitude. Ce soir, c'était spécial. J'avais passé une heure à choisir ma tenue et j'avais lissé mes cheveux. Et j'avais même acheté du gloss. C'était la première fois que j'en portais et même s'il était un peu trop rose, c'était joli. J'avais l'air d'une adulte.

June et moi avons commandé notre pizza habituelle. Elle était bonne, mais surtout, c'était génial de manger de la viande un vendredi sans que personne ne fasse d'histoires. Et sans dire de prière avant. Tu vois dans ce vieux film, *Grease*, quand la blonde se transforme en rebelle en blouson de cuir à la fin ? C'est ce que j'ai ressenti. Avec des pepperonis à la place des chaussures à talons.

Katie et Ethan étaient l'un contre l'autre sur la banquette, mais June et moi étions installées sur des chaises donc on n'aurait pas pu être comme eux, même si on avait voulu. Tant mieux, comme ça je n'ai pas eu à décider ce que je devais faire. J'étais déjà bien assez stressée.

Mais j'ai adoré les petits détails. J'ai adoré que nos mains s'effleurent sans avoir peur de ce que Katie et Ethan pouvaient penser. J'ai adoré sourire et rigoler sans avoir l'impression de cacher quoi que ce soit. Même si seulement trois personnes étaient au courant, ça suffisait. C'était toujours plus qu'avant.

Mais il fallait quand même faire un peu attention. Parce qu'il y avait plein d'élèves du collège. Ian et ses copains du basket dans le coin, en train de dire l'alphabet en rotant. Les filles du foot à la table devant nous, et Miri qui se vantait des nouvelles chaussures à crampons « de créateur » que son père lui avait achetées. Je ne suis vraiment pas sûre que ça existe, ça.

Il y avait quatre footballeurs assis à la table voisine, dont Joey Witter qui me regardait comme si j'étais un gâteau au chocolat. Au moins, il ne bavait pas. Personne n'a envie d'assister à ce spectacle. Ils n'ont pas arrêté de demander à Ethan de les rejoindre, mais il leur a répondu qu'il était occupé. Alors évidemment les garçons ont sifflé et fait des grimaces. Je crois que Henry Stone nous a dévisagées, June et moi.

J'imaginais tout le temps des choses. Par exemple que Miri nous observait.

Que le cuisinier aussi.

Qu'Ethan pensait des méchancetés sur nous.

June avait raison, être ensemble au grand jour fiche la trouille. Ça ne devrait pas. Ça devrait être normal. On n'est pas des monstres. Ni des extraterrestres. On est juste deux filles qui s'aiment.

Ce n'est pas la pire atrocité du monde. Et si Katie et Maggie nous ont acceptées tout de suite, peut-être que les autres gens du collège le peuvent aussi ?

Peut-être que je pouvais être courageuse encore une fois.

En public, cette fois.

Alors j'ai rapproché petit à petit ma main de celle de June. J'avais les nerfs à vif. Mon cœur battait de plus en plus vite.

Soudain, j'ai aperçu quelque chose du coin de l'œil. Au début, j'ai cru que je me faisais des idées. Et puis c'est comme si je m'étais fait électrocuter.

Maman et Papa venaient d'entrer *Chez Tony* ! Ils regardaient la carte au-dessus du comptoir (comme s'ils ne commandaient pas toujours la même quatre fromages !) et ne m'avaient pas encore vue. J'ai immédiatement retiré ma main de celle de June.

À sa tête, on aurait dit que je l'avais poignardée en plein cœur. (D'accord, peut-être pas à ce point, mais elle a quand même eu l'air blessée.) J'avais l'impression de m'être moi-même poignardée en plein cœur.

Je ne veux pas avoir à me cacher de Maman et Papa pour le restant de mes jours. Je ne veux même pas avoir à me cacher de tout le collège.

Je ne veux pas passer ma vie à me demander s'ils vont me chasser.

Je ne veux pas *avoir honte*.

Alors j'ai décidé qu'on allait laisser tomber l'étape trois du plan (on aurait dû trouver un meilleur nom). Je n'ai peut-être pas encore retrouvé Anna, mais j'ai besoin de te voir le plus vite possible. Tout de suite. On a même laissé tomber le ciné pour que je puisse arriver au plus vite à Saint-Augustin.

Peut-être qu'à nous deux on parviendra à persuader Papa et Maman de nous accepter telles que nous sommes.

Bisou,
Evie

P.-S. : on se voit bientôt !
P.P.-S. : au cas où tu te demanderais, les parents ne m'ont pas vue. Enfin je crois.

SAMEDI 1ER JUIN (TRÈS, TRÈS TÔT)

Chère Cilla,

Je t'écris de la voiture. Il fait nuit et on roule sur une petite route, sans aucune lumière, mais j'ai emprunté le téléphone de Katie pour m'éclairer. Je sais que tu ne vas pas recevoir cette lettre par la poste mais je dois te raconter ce qui s'est passé.

Je crois qu'écrire est devenu ma façon de comprendre les choses, maintenant. Et j'ai vraiment besoin de comprendre ce que j'ai vu.

Après avoir terminé ma dernière lettre, je suis rentrée à la maison. Je devais faire mon sac, trouver une excuse pour justifier mon absence toute une nuit. Papa et Maman n'étaient pas encore rentrés. Ils avaient laissé un mot sur le réfrigérateur disant qu'ils étaient partis au cinéma pour la séance de 19 heures.

J'ai laissé mon mot qui disait que je dormais chez Maggie. J'espère qu'ils ne vont pas appeler pour vérifier. Quand bien même, on sera déjà loin, avec un peu de chance. Si la sœur de Maggie roule vite (et à en juger par la vitesse en ce moment, je dirais qu'elle roule très, très vite), on devrait être là au lever du jour.

J'ai fait mon sac à toute allure. Je n'avais besoin que d'un change et d'un oreiller pour la voiture. Ma brosse à dents aussi. Je ne veux pas sentir la pizza aux pepperonis et aux oignons quand je te reverrai pour la première fois depuis presque un an.

Comme il me restait une heure avant que Hannah soit prête à nous emmener, j'ai décidé de faire quelques recherches supplémentaires. J'ai trouvé la clé du classeur de Papa dans le tiroir du milieu de son bureau. Toi aussi tu gardais la clé de ton journal dans le tiroir du milieu. (Oui, oui, *encore* pardon de l'avoir lu.) Au départ je n'ai trouvé que des factures, les modes d'emploi du réfrigérateur et du système d'alarme, ce genre de trucs. Et puis j'ai ouvert le tiroir du bas.

C'est là que je l'ai trouvée, au fond de la dernière pochette. Elle avait l'air un peu usée et le coin en bas à droite était déchiré, mais elle était encore intacte. La photo d'un bébé. Des cheveux bruns, fins et clairsemés, de grands yeux, comme toi. Elle est si belle, même si elle a un peu une tête d'alien. Un alien presque chauve, comme un vieillard.

Il y avait un nom écrit derrière, c'était l'écriture de Maman : *Amélie Evelyn.*

Tu adores *Le fabuleux destin d'Amélie Poulain.* On l'a regardé des dizaines de fois. Et tu as encore un poster avec le nain de jardin du film au-dessus de ton lit. De ton lit à la maison, je veux dire.

Tu as appelé ton bébé comme Amélie. Et comme moi.

Papa et Maman ont cette photo depuis le début. Ils m'ont menti, même quand j'ai posé des questions sur le bébé. Ils m'ont dit qu'ils ne savaient pas où elle était, ni à quoi elle ressemblait.

Ils m'ont demandé de ne plus poser de questions.

Ce sont des menteurs. Ils m'ont menti à moi, leur fille ! Et c'est un mensonge qui concerne ma nièce !

Ce ne sont que des hypocrites.

(Je ne devrais pas me soucier de savoir ce que des hypocrites pensent de qui j'aime ou pas !)

Bon, on s'arrête pour manger. Katie a envie de bretzels. June et Maggie veulent des beignets à la cannelle du supermarché. On va aussi acheter une boisson énergisante pour

Hannah. Elle tombe de fatigue. Moi je ne peux pas avaler quoi que ce soit. Je suis trop en colère.

Bisou,
Evie

P.-S. : Maggie a promis à Hannah qu'on tondrait la pelouse à sa place tout l'été si elle nous emmenait à Saint-Augustin. Je déteste tondre la pelouse, mais ça vaut la peine.

LUNDI 3 JUIN

Chère Cilla,

~~Tu ne me répondras pas. Tu ne me répondras jamais.~~

MERCREDI 5 JUIN

Chère Cilla,

Tu ne peux pas répondre.

Tu ne peux pas tenir de crayon ni de stylo ni taper à l'ordinateur.

Tu ne peux pas fermer d'enveloppe ni faire un bisou dessus.

Tu ne peux pas t'asseoir à un bureau, tapoter ton stylo contre la table en faisant « tap tap tap taptap tap » comme je le détestais tant avant.

Tu ne peux pas me donner de conseils.

Tu ne peux pas rentrer à la maison.

Tu ne peux rien faire.

Parce que tu es partie.

À jamais.

Ça fait mal de l'écrire. L'année dernière à l'enterrement du grand-père de Katie, sa grand-mère n'arrêtait pas de dire qu'elle « souffrait du cœur ». À l'époque j'ai cru que ça voulait dire qu'elle faisait une crise cardiaque, qu'elle ressentait tous les symptômes qu'on avait appris en classe : poitrine serrée, douleur dans le bras ou la mâchoire, à l'estomac.

Maintenant, je sais qu'avoir mal au cœur ce n'est pas uniquement quelque chose qu'on ressent physiquement. Oui, j'ai mal dans tout le corps. Depuis ce matin à l'internat, j'ai l'impression qu'on m'a frappée dans le ventre et qu'un camion m'a roulé dessus.

Tout en même temps.

J'ai l'impression d'avoir un poing à l'intérieur de la poitrine qui me serre le cœur si fort qu'il l'a ratatiné. Et pourtant mon tout petit cœur me fait atrocement mal.

Et ce n'est pas le pire.

Autre chose me fait souffrir, que je n'arrive même pas à décrire. Ce n'est pas quelque chose qui est en moi. C'est quelque chose qui a disparu de moi.

Je me sens vide à l'intérieur.

Il y a des gens amputés qui sentent une douleur fantôme à l'endroit du membre qu'ils ont perdu, tu sais ? J'ai lu un article sur un soldat qui a perdu une jambe en Irak. Chaque fois qu'il pleut, il a mal au genou, *pour le restant de ses jours.* Il n'a même plus son genou, mais il a mal quand même !

C'est ce que je ressens maintenant. On m'a creusé un énorme trou dans le ventre et même s'il est vide, tout me fait mal à l'intérieur.

Peut-être que c'était là que se trouvait mon âme. Maintenant que tu es partie, elle n'a plus envie de rester, elle voudrait te rejoindre.

C'est ridicule, je sais.

Le fait d'écrire tout ça est ridicule.

Bisou,
Evie

P.-S. : tu me manques tellement.

VENDREDI 7 JUIN

Chère Cilla,

C'est ridicule, mais il faut que j'écrive encore. J'écris, maintenant. C'est tout ce que je peux faire. Je ne peux parler à personne. Ni à Katie ni à Maggie. Ni même à June. Et sûrement pas aux parents.

Personne d'autre ne sait ce que c'est d'avoir une sœur qui est morte. Personne d'autre n'a de sœur qui est morte en couches, personne d'autre à qui on a menti pendant presque neuf mois.

NEUF MOIS.

Alors c'est à toi que j'écris. Parce que c'est ce qui me semble le plus logique en ce moment.

Je n'écris plus sur le papier à lettres, même s'il me reste une feuille. Une seule feuille qui me nargue.

Je refuse de l'utiliser. J'écris dans ce carnet à la place. Mon vieux carnet de l'an dernier avec la couverture noire et la moitié des pages arrachées. Il est moche, ça correspond à ce que je ressens à l'intérieur.

Sombre.

Sinistre.

Triste.

Furieuse.

Je ne sais pas si je suis plus triste que furieuse. Ça alterne. En ce moment, je suis furieuse. Enragée. Pas contre toi. Je ne suis plus en colère contre toi. Je l'ai été, mais c'était avant que je découvre la vérité.

La vérité, c'est que les parents ne sont pas seulement des hypocrites. Ce ne sont pas seulement de mauvais parents qui ont eu honte de leur fille.

Ce sont d'abominables menteurs.

Déjà, garder secrète la photo d'Amélie était horrible. Là, c'est un million de fois pire.

Je ne leur adresserai plus jamais la parole.

Bisou,
Evie

P.-S. : pourquoi es-tu morte ?

MARDI 11 JUIN

Chère Cilla,

Il faut que je te raconte ce qui s'est passé. Il faut que je *me* raconte ce qui s'est passé. Pour que ça n'ait plus l'air d'être un rêve.

Ou un cauchemar.

On est arrivées au pensionnat pour jeunes filles de Saint-Augustin au lever du jour. Comme il n'y avait personne, on a eu le temps de chercher où se garer et de décider quoi faire exactement. Parce qu'à part y aller et te trouver, on n'avait pas tellement de plan.

Il restait un demi-beignet à la cannelle et une bouteille d'eau de notre dernière halte. J'ai mangé. J'ai bu. J'avais besoin de passer le temps avant que les élèves commencent à sortir de leurs chambres.

On s'était dit que la cantine était sûrement le meilleur endroit où te trouver. Tout le monde mange le matin, non ? Et toi tu ne sautais jamais le petit déjeuner. Enfin, sauf au début de ta grossesse, quand tu vomissais tout le temps.

Tu ne « sautais » jamais le petit déjeuner. Pas « sautes ».

« Sautais ». Au passé. Tu es au passé maintenant.

Je déteste le passé.

Mais les filles ont commencé à sortir, toutes en jupe plissée bleue et dorée et en chemisier blanc. Toi, tu n'y étais pas. Pourtant j'ai observé toutes les pensionnaires. Il y avait des grandes, des petites, aux cheveux longs, ou courts, blondes, brunes ou rousses. Je n'ai pas vu tes longues boucles brunes.

Hannah dormait à l'avant, mais Katie, Maggie, June et moi on était bien réveillées. (Je crois qu'elles avaient bu de la boisson énergisante elles aussi.) Maggie a suggéré de chercher dans le bâtiment des arts puisque tu aimais tant le théâtre. Mais Katie a balayé l'idée et elle avait raison. Personne ne répète à 8 heures du matin.

Alors June a proposé qu'on aille voir au bureau administratif, c'était logique. Tu étais élève chez eux. Ils auraient été obligés de nous dire dans quelle chambre tu étais. Après tout je suis ta sœur.

Le bâtiment administratif était celui qu'on voit sur leur brochure. Celui qui ressemble à Poudlard, avec les murs de pierre gris et les grandes tourelles. Je me suis sentie toute petite en entrant, mais je me suis redressée, la tête haute, comme Maman nous obligeait toujours à nous tenir.

Elle ne t'y obligera plus jamais maintenant.

J'avais peur que le bureau ne soit fermé pour le week-end, mais il y avait une dame à l'accueil. Une bonne sœur aussi vieille que Mamie, qui sentait l'orange et la menthe. Elle portait un jean et un chemisier normaux, mais aussi son voile noir sur les cheveux. Elle m'a dévisagée derrière ses lunettes œil-de-chat. Elle était gentille. Elle m'a écoutée lui expliquer que j'avais vraiment besoin de te voir. Puis elle m'a tapoté la main en me disant qu'il n'y avait aucune élève enregistrée à ton nom.

Je t'ai décrite, pensant que c'était possible qu'elle ne comprenne pas bien. Ou que tu puisses utiliser un pseudo pour *vraiment* échapper à Maman et Papa.

Non. Rien. Nada.

Elle n'avait aucune idée d'où tu pouvais être. J'étais prête à camper là s'il le fallait (si j'avais emporté mon sac de couchage, je l'aurais déplié sur-le-champ), mais Katie m'a tirée vers la porte. June m'a traînée dans le couloir tandis que Maggie me poussait vers la sortie. Au début, j'ai protesté, mais Katie a dit que la secrétaire était vieille et sûrement sénile, qu'elle ne savait pas de quoi elle parlait et qu'on ferait mieux de fouiller le campus.

Au fond de moi je savais que c'était Katie qui ne savait pas de quoi elle parlait, mais je les ai quand même suivies.

Sur le chemin bordé de tulipes de la cour.

Derrière deux filles qui se lançaient une balle.

Au coin d'un bâtiment de brique couvert de lierre.

Dans le parking à côté des dortoirs.

Droit sur Papa et Maman.

Quand on a tourné à un angle, ils étaient là. Ils sortaient de notre vieux van gris avec l'autocollant anti-avortement sur le pare-chocs. Maman avait l'air de s'être réveillée quelques minutes plus tôt. C'était sûrement le cas puisqu'elle s'endort toujours pendant les longs trajets.

Ils devaient avoir roulé toute la nuit, comme nous.

J'ai assitôt lâché la main de June. Je me suis sentie coupable de le faire, mais à cet instant, ça aurait été encore plus bizarre de la reprendre. Parce que Papa m'a serrée dans ses bras si fort que je n'arrivais même plus à respirer. Maman me tournait autour comme un moustique.

J'ai eu envie de la chasser, mais je voulais avant tout savoir ce qui se passait. Je ne savais pas comment ils avaient pu me trouver et tous ces câlins et ces larmes n'étaient pas normaux. Ils auraient dû me hurler dessus pour avoir fugué et menti.

Ou de tenir la main de June.

Mais non, ils pleuraient. Ils pleuraient tellement que quand Maman s'est jointe au câlin de boa constrictor de Papa, elle m'a trempé l'épaule.

C'est là qu'ils m'ont dit la vérité. Enfin, avec un tas d'hésitations et après avoir dit à mes copines d'aller nous attendre sur un banc dans la cour.

Donc maintenant, je connais la vérité : cette secrétaire n'était pas sénile, en fin de compte. Tu n'es jamais allée à Saint-Augustin. Tu ne t'es même pas inscrite. Tu n'avais pas encore décidé quoi faire quand l'accouchement a commencé.

Un accouchement qui a bien démarré et qui s'est mal terminé.

Un accouchement où le bébé s'est trouvé « en détresse respiratoire ».

Un accouchement où ton cœur a cessé de battre et celui du bébé aussi.

Un accouchement où tu as perdu trop de sang.

Quand Maman a dit le mot « sang », j'ai eu un flash de toi en blouse d'hôpital tachée de rouge. Rouge sang. Rouge cerise, ton fruit préféré. Rouge comme ton tee-shirt favori que tu portais toutes les semaines, l'année dernière.

Les médecins ont essayé de te sauver, mais ils n'ont pu sauver qu'Amélie. Maman me tenait la main en me racontant ça. Elle la serrait si fort que j'ai dû la retirer. Mais je l'ai reprise tout de suite. J'avais besoin de m'accrocher à une partie de toi, parce qu'à chaque nouveau mot qu'elle prononçait, tu t'éloignais un peu plus.

Je n'arrête pas de penser à la fois où tu étais tombée de vélo au collège. Tu essayais de faire une roue arrière et tu étais passée par-dessus le guidon. Tu t'étais écorché le nez, l'épaule et les deux genoux. Il y avait du sang partout, mais Maman t'avait nettoyée puis elle t'avait mis des pansements.

Tu allais bien. Tes plaies avaient fini par se refermer. L'unique trace de ton accident était la cicatrice sur ton genou qui ressemblait à un trèfle.

Il n'y a pas de pansement assez grand pour ça.

Bisou,
Evie

P.-S. : tu me manques tellement que ça fait mal.

MERCREDI 12 JUIN

Chère Cilla,

Papa et Maman m'en ont raconté un peu plus dans la voiture pendant le trajet du retour. Du moins, ils ont essayé. Au bout d'un moment, j'ai mis mes écouteurs et la musique à fond. J'ai trouvé les chansons les plus énervées de ma playlist, avec les basses à fond. Pour me noyer la tête.

C'est ce que je voulais. Que quelque chose d'autre me remplisse la tête, éteigne mon cerveau et bloque mes oreilles.

Ça n'a pas marché. Même avec les oreilles remplies de guitares électriques et de batteries, j'entendais toujours ce que les parents avaient dit en montant en voiture, quand j'avais demandé comment c'était possible que tu sois morte en accouchant. Enfin c'est fou, on n'est plus au Moyen Âge.

— Elle a eu une infection, a dit Maman, des larmes dans la voix. Et l'hôpital près de chez Tante Maureen n'est pas le meilleur.

Ses larmes ont fini par dégringoler sur ses joues.

— Ça veut dire quoi « pas le meilleur » ?

Je ne m'étais même pas aperçue que je hurlais jusqu'à ce que ma voix remplisse l'habitacle.

— C'est un hôpital. Avec des médecins et des infirmières. Ils ont tous fait les études pour ça. Pourquoi ils auraient eu leur diplôme s'ils ne travaillaient pas bien ? Et pourquoi vous l'avez envoyée dans cet hôpital de toute façon ? Vous savez très bien que Tante Maureen vit au milieu de nulle part !

— Parfois des événements inattendus se produisent, a dit Papa. Dieu avait un autre projet.

Pour une fois il n'avait pas l'air de croire à ce qu'il racontait.

— Nous ne savions pas que l'hôpital était si mauvais. Nous n'avions pas pensé aux complications...

Il s'est étranglé.

— Cilla a eu une infection et ils n'ont pas réussi à traiter l'hémorragie. Son état s'est dégradé très vite.

— C'est pour ça que vous êtes partis en catastrophe de la maison.

Les neuf derniers mois ont défilé devant mes yeux. Papa et Maman qui faisaient leurs valises à la vitesse de l'éclair. Tante Megan qui ne répondait jamais à mes questions. Les larmes de Maman. Le silence de Papa. Maman obsédée par la cuisine. Papa qui passait sa vie au bureau.

— Vous avez menti ! Vous m'avez menti pendant tout ce temps ! Est-ce que Tante Megan était au courant aussi ? Et Tante Maureen ?

Leur silence signifiait que oui.

— Est-ce que Cilla a souffert ? À quoi elle ressemblait ?

J'ai fermé les yeux pour m'empêcher de t'imaginer. Mais de toute façon mon cerveau était vide. Ma tête rejetait ce qui s'était passé. Je ne voyais rien qu'un grand néant.

Je me demande si c'est ce que tu vois à présent.

Je me demande si tu es au paradis.

Je me demande s'il y a vraiment un paradis.

Si oui, j'espère que tu y es.

Maman a voulu répondre. À ce moment j'ai enfoncé mes écouteurs dans mes oreilles au point que ça m'a fait mal.

J'ai entendu la musique, le rythme, les accords et la mélodie.

Mais je n'ai pas écouté les paroles.

Parce que tout ce que j'entendais, c'étaient les mots qui flottaient encore dans la voiture : infection. Hémorragie. Très vite.

Je les entends encore.

Bisou,
Evie

VENDREDI 14 JUIN

Chère Cilla

Voilà ce que j'ai entendu d'autre. Voilà ce qu'ils m'ont dit quand on est rentrés à la maison, quand Papa m'a retiré mes écouteurs et qu'ils m'ont obligée à m'asseoir sur le canapé.

Les parents ont su où me trouver parce qu'ils savaient que je t'écrivais à Saint-Augustin. L'école leur renvoyait toutes mes lettres. TOUTES. Toutes les questions que je t'ai posées sur Dieu, tous mes sentiments pour June, tout ce que j'ai fait avec June.

Ils savaient tout. Ils avaient tout lu. Ils ont su où j'étais parce que je n'ai pas fait attention. J'ai commis une erreur. J'ai laissé une de mes lettres sur le bureau de Papa, celle où je racontais mon rendez-vous *Chez Tony*, et QUE J'ALLAIS À SAINT-AUGUSTIN.

Ils savent tout.

Mais je n'étais pas gênée. J'étais en colère. Parce que si tu es morte, ça veut dire que c'était *eux* qui m'écrivaient. Les parents faisaient semblant d'être toi.

Ces trois lettres ne venaient pas de toi. C'est pour ça qu'elles étaient tapées, ils ne pouvaient pas imiter plus que ta signature. Et quand je regarde les lettres maintenant, je me rends compte qu'ils ne l'ont même pas réussie.

Je voulais tellement que ce soit vrai que j'ai cru n'importe quoi.

Papa m'a expliqué qu'ils l'ont fait pour m'épargner la peine de ta mort. Maman, parce qu'ils étaient dans le déni et qu'ils se sentaient tellement coupables de t'avoir chassée qu'ils voulaient ignorer ce qui t'était arrivé.

Moi je dis que c'est des conneries.

Au moins, ils ne m'ont fait aucune remarque pour June.

C'est toujours ça.

Bisou,
Evie

SAMEDI 15 JUIN

Chère Cilla,

June m'a appelée tous les jours ces deux dernières semaines. Elle m'a écrit par mail qu'elle allait utiliser un code secret pour que je sache quand c'est elle. Deux sonneries, rien, puis deux autres sonneries.

Je n'ai pas répondu à ses appels. Ni à ses mails.

Je me demande si elle croit que je casse avec elle. Je me demande si je devrais en avoir quelque chose à faire.

Bisou,
Evie

LUNDI 17 JUIN

Chère Cilla,

Maman m'a dit ce matin qu'ils n'avaient pas lu les lettres que je t'ai envoyées quand tu étais chez Tante Maureen. Comme si ce scoop allait améliorer leur image.

Ça ne m'aide pas du tout. En fait, c'est encore pire.

Parce que, après ta mort, tu ne peux pas choisir d'ignorer mes lettres.

Mais avant, oui.

Bisou,
Evie

P.-S. : tu ne savais pas que j'étais la seule personne qui n'allait jamais te juger ? Tu n'avais pas à te cacher de moi.

P.P.-S. : je me sens nulle d'être fâchée contre toi maintenant, mais c'est plus fort que moi. Si tu m'avais écrit, tu m'aurais peut-être dit quelque chose qui aurait pu te sauver. Peut-être que tu as attrapé un rhume qui a causé l'infection. Peut-être que j'aurais pu te convaincre de prendre des médicaments. Peut-être que j'aurais pu te sauver.

MERCREDI 19 JUIN

Chère Cilla,

J'ai à peine adressé la parole aux parents depuis qu'ils m'ont dit la vérité. Ça fait plus de deux semaines. Deux semaines entières à ne dire que des « mmh ». Chaque fois qu'ils essayent de croiser mon regard, je détourne les yeux. Chaque fois qu'ils essayent de me parler, je m'en vais.

Je ne veux pas d'eux dans ma vie puisqu'ils t'en ont sortie.

Bisou,
Evie

P.-S. : tu me manques toujours.

VENDREDI 21 JUIN

Chère Cilla,

C'est le dernier jour de cours aujourd'hui. Je n'ai pas envie d'y aller. Pas à cause des cours. J'y suis retournée la semaine dernière. J'évite June, Katie et Maggie dans les couloirs. J'arrive tôt en classe et je ne parle à personne. Je ne réponds même pas aux questions des profs. Mais ils ne se fâchent pas. Je me demande si Maman et Papa leur ont dit ce qui s'est passé. Qu'est-ce qu'ils leur ont révélé ? Est-ce qu'ils ont avoué toutes les choses horribles qu'ils ont faites ? Ou est-ce qu'ils ont déformé la vérité pour passer pour des gens bien ? Pour rendre acceptable ce qu'ils ont fait.

Ça ne sera jamais acceptable. Parce que tu ne seras plus jamais là.

Je n'ai pas envie d'aller au collège à cause de toi. Tu n'étais pas là hier soir pour aller manger la traditionnelle glace de la veille de notre dernier jour d'école. Tu n'es pas là pour mettre un mot dans l'album de promo qu'on va recevoir aujourd'hui.

Tu ne seras plus là pour les derniers jours. Tu ne seras plus là pour les premiers jours.

Les parents m'ont dit que j'étais *obligée* d'y aller aujourd'hui. Maman prétend que c'est important de dire au revoir et merci à mes profs. Qu'ils le méritent pour leur dur travail.

Papa a soutenu que ça me permettrait de « dire au revoir à cette année ».

C'est là que j'ai pété les plombs. Tout ce que je retenais à l'intérieur s'est déversé d'un coup, et je me fichais bien de faire des dégâts.

— Dire au revoir ?

J'ai hurlé si fort que Maman s'est carrément bouché les oreilles.

— Tu veux dire ce que vous m'avez privée de faire avec Cilla ?

Papa a tressailli en entendant ton prénom.

— Et pourquoi vous avez fait ça ? Qu'est-ce que ça vous a apporté de mentir ? Vous saviez très bien que la vérité finirait par éclater. C'était obligé !

Maman a fermé les yeux. On aurait dit une gosse qui joue à cache-cache et qui croit que personne ne peut la voir sous prétexte qu'elle ferme les yeux.

Peut-être qu'ils voulaient fermer les yeux sur ce qui t'est arrivé, mais ça ne leur donnait pas le droit de *me* fermer les yeux.

Même si j'ai envie de faire la même chose maintenant.

Bisou,
Evie

P.-S. : la façon que tu avais encore au lycée de prononcer le mot céréales « siriale » me manque.

DIMANCHE 23 JUIN

Chère Cilla,

Je sais que je devrais appeler June.
Je veux appeler June.
Je sais que ça ira mieux.
Je ne veux pas aller mieux.

Bisou,
Evie

P.-S. : je veux que tu reviennes.

MARDI 25 JUIN

Chère Cilla,

Peut-être qu'ils se trompent. Papa et Maman ne m'ont jamais répondu quand j'ai demandé comment tu étais après ta mort. Ils ne t'ont peut-être pas vue. Ils se sont peut-être contentés de croire ce que leur disait le médecin.

Peut-être qu'il s'est trompé.

Les docteurs se trompent tout le temps, non ? Ils annoncent qu'on va avoir une fille et en fait on a un garçon. Ils disent qu'on a un cancer incurable et puis tout le monde prie et *TADA !* guérison miraculeuse.

LES DOCTEURS SE TROMPENT TOUT LE TEMPS. C'est dans les journaux, aux infos, partout.

Je parie qu'ils se trompent aussi là-dessus.

Tu as forcément réussi à tromper leur vigilance et tu t'es enfuie. Tu as échangé de lit avec une autre patiente, volé ses vêtements.

Trouvé une perruque, un chapeau, et tu t'es glissée dans un taxi.

Peut-être qu'Alex s'est enfui aussi. Vous vous êtes peut-être retrouvés pour rechercher Amélie !

J'aimerais savoir la vérité. Je ne révélerais ton secret à personne.

C'est promis.

Bisou,
Evie

P.-S. : tu me manques.

VENDREDI 28 JUIN

Chère Cilla,

Je n'ai pas dit au revoir à June, Katie et Maggie quand Papa et Maman m'ont traînée vers la voiture ce jour-là à Saint-Augustin. Bon, d'accord, ils ne m'ont pas « traînée ». Ils m'ont portée parce que je ne pouvais plus marcher.

Je n'ai pas pensé à elles jusqu'à ce qu'on soit à la maison, sept heures plus tard et que je voie la porte entrouverte du bureau de Papa. Je me souviens d'avoir vu la photo d'Amélie. D'avoir parlé du bébé à mes amies, et que June m'avait prise dans ses bras. D'avoir lâché sa main comme si elle avait pris feu, la seconde où j'avais aperçu les parents.

June m'envoie des dizaines de mails par jour. Ce matin, elle a écrit qu'elle voudrait bien venir mais qu'elle a peur que Papa et Maman la détestent. Elle a aussi dit qu'elle avait peur que *je* la déteste.

Je sais que je devrais m'en inquiéter, mais j'ai trop mal pour faire attention à ne pas être une amie horrible. Une petite amie horrible.

Tout le monde veut que je parle, mais dire à mes amis ce que Papa et Maman ont fait rendrait les choses trop réelles.

Ce n'est pas réel.

C'est impossible.

Bisou,
Evie

P.-S. : tes dents du bas un peu de travers comme les miennes me manquent. Ça me manque aussi parce que tu me montrais que ce n'était pas grave du tout, que ça me rendait spéciale.
P.P.-S : j'écris ça dans mon carnet mais je compte l'envoyer quand même. Dès que j'aurai découvert où tu es.

SAMEDI 29 JUIN

Chère Cilla,

J'ai vu Alex aujourd'hui. J'étais assise sur la pelouse devant la maison, je regardais la balançoire que Papa nous avait fabriquée quand on était petites. Avec le vent, elle n'arrêtait pas de bouger.

C'était hypnotisant. Ça m'a permis d'arrêter de réfléchir pendant un certain temps.

Puis Alex est passé en voiture. J'ai aperçu sa camionnette rouge du coin de l'œil, celle dont tu te moquais tout le temps. Il a toujours les dés en fourrure rose accrochés au rétroviseur. Je me rappelle quand tu les as achetés. Tu disais que tu voulais « mettre une touche féminine à sa camionnette », l'embellir. Tu m'avais dit qu'Alex avait vaguement protesté, mais tu les avais quand même accrochés.

Alex m'a regardée droit dans les yeux en passant, et moi j'ai détourné le regard.

J'imagine que vous n'êtes pas ensemble, du coup.

Bisou,
Evie

P.-S. : tu me manques.

DIMANCHE 30 JUIN

Chère Cilla,

Je ne suis pas allée à l'église avec les parents aujourd'hui. Encore une fois. Ça fait cinq semaines d'affilée que je sèche la messe, alors que je n'avais jamais raté une seule fois de ma vie ! (Sauf celle où j'étais tellement malade que je vomissais partout.)

Je ne peux pas aller à l'église en ce moment. Je ne peux pas voir tous ces gens. Je ne supporte pas d'être dans la même pièce qu'eux.

Parce que ces gens vivent dans un univers différent du mien maintenant. Une autre dimension, même. Ils croient que tu es toujours vivante, comme je le croyais encore le mois dernier. Et il y a quelques jours.

Je voulais que tu sois toujours vivante. J'ai failli me persuader que c'était vrai, que tu vivais en Espagne sous un faux nom. Peut-être Consuelo. Tu avais une perruque de cheveux longs et des lentilles de couleur. Tu portais des robes à volants aux couleurs vives et tu louais une chambre à une vieille dame.

Mais les détails de ta nouvelle vie glamour ont toujours été un peu troubles. Quand je me l'imaginais, je n'arrivais jamais à voir ton visage nettement. Ton appartement était sombre et le rêve s'évanouissait en quelques secondes.

Je sais que tu n'es pas en Espagne.

Je crois que c'est pour ça que je ne veux pas aller à l'église. Parce que je suis jalouse de tout le monde là-bas. Ils ignorent que tu es morte. Ils ne savent pas la chance qu'ils ont.

Bisou,
Evie

P.-S. : voir ton visage tous les jours me manque.

MARDI 9 JUILLET

Chère Cilla,

Hier soir en retournant dans ma chambre après m'être brossé les dents, j'ai entendu Maman pleurer. Ce n'est pas inhabituel. Je l'entends encore pleurer beaucoup. Je la vois pleurer aussi.

Quand une enveloppe à ton nom arrive au courrier.

Quand je refuse d'aller à la messe.

Quand on dîne en silence.

Je ne sais pas pourquoi, cette fois je suis entrée dans sa chambre. Elle avait ouvert un album sur son lit, avec des photos de nous bébés. Mes cheveux courts et clairsemés et tes boucles fournies. Ma figure pleine de miettes de gâteau et tes genoux potelés.

Maman avait aussi sorti la photo de toi à la naissance, celle qu'ils avaient prise à l'hôpital. Elle ressemblait beaucoup à celle que j'ai vue d'Amélie.

Il y avait une couverture de bébé sur le lit, la rose que Mamie avait tricotée. Et des vêtements de bébé : un tout petit short rose bouffant et un pyjama à fleurs. Un bonnet à fronces violet et un gilet blanc.

— C'étaient les vêtements de mon bébé, a dit Maman.

J'ai eu envie de lui dire « sans rire ». Au final j'ai essayé d'être gentille. J'ai juste hoché la tête.

— Mon premier bébé, a-t-elle précisé.

— Tu veux dire Cilla ?

Elle a secoué la tête. Ensuite elle m'a tout expliqué.

C'est là que j'ai compris que Papa et Maman avaient bien fait une bêtise, dans leur jeunesse. Ils avaient... tu sais... avant le mariage, exactement comme toi. Maman était tombée enceinte.

Et elle avait perdu le bébé.

Elle s'est remise à pleurer en me le disant. Puis s'est excusée de réagir ainsi.

— Ça fait vingt ans. Je ne devrais plus pleurer.

Je lui ai dit que ce n'était pas grave. Parce que moi je crois que je te pleurerai jusqu'à la fin de ma vie. Et je ne compte pas m'en vouloir pour ça.

Maman m'a raconté ce qui s'était passé. Elle était tombée enceinte à l'université et avait eu super peur que ça détruise sa vie. Elle avait songé à arrêter ses études, et Papa et elle avaient rompu pendant quelque temps.

— J'aimais ce bébé, a dit Maman. Je le détestais aussi. Parce que je savais que nous n'étions pas encore prêts. Je savais que les gens allaient me regarder comme si j'étais un monstre. J'allais avoir tant à sacrifier.

Elle a sangloté en expliquant qu'au bout de deux mois, le cœur du bébé avait arrêté de battre. Elle s'était encore plus détestée à ce moment-là. D'avoir fait quelque chose qui allait les faire tant souffrir, Papa et elle.

Elle a dit que c'était pour ça qu'ils pratiquaient leur religion. Ça les avait soignés. Ils pensaient que les lois et la parole de Dieu les sauveraient de la souffrance. De la honte. Du chagrin.

Ils croyaient que ça nous sauverait aussi.

Mais tout ce que ça a fait, c'est t'emmener loin d'ici.

J'ai failli rassurer Maman et lui prendre la main.

Mais je n'ai rien fait.

Je suis restée dans sa chambre pendant qu'elle regardait tous les vêtements de bébé. Je lui ai accordé au moins ça.

Bisou,
Evie

P.-S. : les vieux vêtements que tu me donnais me manquent. Je me trouvais toujours tellement cool dedans.

MERCREDI 17 JUILLET

Chère Cilla,

J'étais à la table de la cuisine avec Maman quand le téléphone a sonné avec le code secret de June. Maman a soupiré et grommelé.

— Ces sonneries commencent à m'agacer.

Je devais sûrement être toute rouge parce qu'elle m'a regardée en plissant les yeux.

— Tu es au courant de quelque chose que je ne sais pas ?

J'ai bégayé un peu puis, va savoir pourquoi, j'ai dit la vérité. La faute à ces stupides sermons sur la sincérité.

— C'est June. Mais je n'ai pas envie de lui parler maintenant.

Je n'ai pas pu la regarder en prononçant le prénom de June. J'ai cru qu'elle allait m'envoyer dans ma chambre.

Mais elle m'a surprise. Elle a dit que je devais rappeler June. Que je devais lui parler.

Elle n'a fait aucune allusion à ce que j'ai écrit dans mes lettres. Ni à notre « relation ». (Si June n'a pas déjà décidé de rompre avec moi parce que je l'ignore et que je suis la pire petite copine du monde.)

Elle a juste dit que ce serait bien que j'appelle mon amie.

Alors ça !

Bisou,
Evie

P.-S. : t'entendre parler avec Alex au téléphone me manque, même si tu avais la voix toute mielleuse et que tu minaudais à fond.

JEUDI 25 JUILLET

Chère Cilla,

Je pense beaucoup à ton bébé ces derniers temps. À Amélie. Amélie Evelyn, si c'est le nom que sa nouvelle famille a décidé de garder. Elle a dix mois maintenant. Elle doit gazouiller, peut-être même qu'elle a commencé à dire quelques mots. « Dodo » ou « gâteau ». « Maman » et « papa ».

Ses autres maman et papa.

Elle fait peut-être ses premiers pas. (J'ai cherché : la plupart des enfants marchent vers un an. Certains plus tôt. Je parie que ton bébé marche déjà et qu'elle est super intelligente.)

Elle serre sûrement contre elle ses jouets et ses peluches pour leur faire des câlins (en leur bavant dessus). Je me demande si elle a un koala en peluche, elle aussi.

Mais partout j'ai lu que les bébés ne peuvent pas avoir de souvenirs. La plupart ne se rappellent pas leurs premières années. Ni encore moins leur naissance. Mais j'aime penser qu'Amélie se souvient de toi, qu'une part de toi s'est imprégnée en elle.

Comme une marque de naissance invisible.

Je me demande si elle me reconnaîtra, si je la rencontre un jour.

Bisou,
Evie

P.-S. : tu me manques. Amélie aussi, même si je ne l'ai jamais rencontrée.

DIMANCHE 28 JUILLET

Chère Cilla,

Maman ne cuisine plus autant ces derniers temps. Papa rentre plus tôt du bureau. Et il s'est inscrit dans une équipe d'ultimate pour l'été. Maman se réfugie toujours dans sa chambre, mais la plupart du temps elle traîne dans la maison et me tourne autour. Elle lance des sujets de conversation maladroits et futiles.

Voici ce qu'elle m'a demandé hier : « Tu ne trouves pas que les hortensias sont beaux aujourd'hui ? » J'ai hoché la tête en souriant, ce qu'elle a pris pour un encouragement. Elle m'a demandé ce que je lisais pendant les vacances et elle a dit qu'elle aimait la couleur de mes chaussures.

Elle a dit qu'il allait pleuvoir et m'a demandé si je voulais l'accompagner au club de lecture. (NON !) Elle n'a pas mentionné June depuis la semaine dernière. Peut-être qu'elle n'a pas changé d'avis sur elle, après tout.

Bisou,
Evie

P.-S. : la façon dont tu triturais ta bague étoile de mer quand tu étais nerveuse me manque. Je détestais le cliquetis que ça faisait quand tu la tournais, mais je crois que ça ne me dérangerait plus, aujourd'hui.

LUNDI 29 JUILLET

Chère Cilla,

June m'a envoyé un nouveau mail ce matin. Elle ne rate pas un seul jour. Je suis finalement contente qu'elle n'ait pas laissé tomber. Parce que cette fois je lui ai répondu.

On s'est retrouvées à la piscine. Il faisait chaud aujourd'hui, exactement comme l'année dernière, le jour où la piscine était fermée et que je l'ai vue pour la première fois au parc.

Elle portait un maillot de bain vert jade et des boucles d'oreilles assorties. Elle a des mèches vert fluo maintenant et elle n'a plus ses bagues. Elle a les dents blanches et brillantes. Du coup je suis un peu complexée par mes dents de travers.

Mais June n'a pas fait de commentaire au sujet de mes dents. Elle n'a rien dit non plus sur mes cheveux, qui sont longs maintenant, et abîmés. Ni sur mes ongles rongés.

Elle a dit salut.

J'ai répondu salut.

Elle ne m'a pas reproché de l'avoir ignorée pendant des siècles. Mais je lui ai demandé de m'excuser.

Elle n'a même pas voulu savoir ce qui t'était arrivé. Elle devinait que ce n'était rien de bon et avait compris que je ne voulais pas en parler.

On est restées assises sur nos serviettes, appuyées sur les coudes, à regarder la piscine. À regarder les autres filles dont j'étais jalouse avant, celles qui n'ont pas à avoir peur d'aimer une fille ni d'être jugées pour ça.

J'aimerais pouvoir revenir au temps où me préoccuper de ce qu'on pensait de moi était mon plus gros souci. Même au temps où l'opinion de Papa et Maman était mon plus gros souci.

On est restées jusqu'à ce que je me souvienne que j'avais oublié la crème solaire et que mon dos commence à cramer. Alors on est allées manger une glace (j'ai pris deux boules, menthe-chocolat et vanille, comme d'habitude) et je lui ai tout raconté.

— Cilla est partie.

— Je sais.

June m'a pris la main ; je ne l'ai pas repoussée.

— Mes parents m'ont menti. Pendant tout ce temps.

— Ils n'auraient pas dû, a dit June.

Elle ne les a pas insultés. Elle a simplement écouté.

— Elle me manque tellement.

J'ai pleuré. J'ai mis des larmes salées plein ma glace. Celle de June lui a coulé le long du bras. Aucune importance. On pouvait reprendre deux autres cônes, mais on n'aurait pas pu revivre ce moment.

Quand j'ai arrêté de pleurer, June a attendu que je parle. Alors j'ai décidé de m'éloigner du chagrin, au moins pour aujourd'hui.

Je lui ai posé des questions sur le dernier jour d'école. Elle m'a raconté que Nolan avait cassé avec Miri à la cantine. Que le conseil des élèves vendait des cupcakes à la fraise délicieux pour financer une nouvelle enseigne. Que Joey Witter s'était attiré des ennuis parce qu'il avait apporté son serpent en classe. Elle a imité la tête de M. Barrett quand il a failli s'asseoir dessus.

J'ai ri.

J'ai ri pour la première fois depuis deux mois.

J'ai eu l'impression, que je parlais une langue étrangère.

Ça m'a plu et je me suis sentie coupable en même temps. Le fait de rire me donnait le sentiment de te trahir.

Je suis toujours triste. Promis.

Est-ce que ça va si je ne suis pas triste tout le temps ?

Bisou,
Evie

P.-S. : tu me manques quand même.

MARDI 6 AOÛT

Chère Cilla,

Ce soir j'ai regardé un match des Red Sox avec Papa. On n'a pas beaucoup parlé, mais je les ai encouragés quelques fois avec lui. Il m'a regardée et il m'a même souri à plusieurs reprises.

Maman est venue nous apporter des brownies. C'est la première fois qu'elle fait de la pâtisserie depuis des semaines, et au début je ne voulais pas en manger. J'ai voulu lui dire qu'elle pouvait bien remplir la pièce de brownies, ça ne rattraperait pas ce qu'ils ont fait.

Mais je l'ai regardée. Elle se mordait la lèvre. Sa main et l'assiette tremblaient.

Alors j'ai pris un brownie.

— Miam, j'ai dit.

Elle a regardé la fin du match avec nous.

Les Red Sox ont gagné de deux points.

Bisou,
Evie

P.-S. : tu me manques plus que les brownies m'ont jamais manqué.

VENDREDI 9 AOÛT

Chère Cilla,

Au dîner hier soir, Papa m'a dit qu'il n'aimait pas l'idée que je sois avec June. C'est la première fois qu'il prononçait son prénom depuis qu'ils ont avoué avoir lu mes lettres.

Je savais que tout ce temps passé à regarder le base-ball avec lui était trop beau pour être vrai. Juste après le match, Papa a dit que l'homosexualité, ce n'était pas bien.

J'ai voulu me lever ; il a essayé de me retenir. Je me suis écartée.

— Je pense qu'aimer une fille n'est pas bien, mais je ne vais pas te détester pour ça, a dit Papa.

Comme si ça rattrapait quoi que ce soit. J'ai attendu que Maman dise quelque chose. Rien. Je crois que son acceptation ne va pas plus loin que sa suggestion d'appeler mon « amie ».

Elle a pris une bouchée de saumon qu'elle a mastiquée pendant une éternité.

— Nous ne détestons pas June. Et nous ne détestions pas Cilla. Nous voulons juste vous protéger.

— *Voulions*, j'ai dit. Au passé. Vous *vouliez* protéger Cilla.

Ça m'a fait mal de le dire, mais ça valait le coup, rien que pour les voir tressaillir.

— Et vous ne pouvez pas nous protéger. Je suis peut-être mineure, je suis peut-être légalement votre propriété ou je ne sais quoi, mais je suis une personne à part entière. Cilla était une personne à part entière.

Était.

— Je fais ce que je veux. Et j'aime qui je veux.

Ça m'a fait bizarre de dire ça. J'ai eu l'impression que c'était quelqu'un d'autre qui parlait, une personne fière de qui elle était.

Quelqu'un qui n'avait pas honte de ce que pouvaient penser les autres.

J'ai agi comme la personne que je veux être. Peut-être que ce courage me semblera plus naturel, bientôt.

J'ai agi comme la personne que tu aurais voulu être, je crois. C'était très difficile.

Je commence à me rendre compte à quel point tout devait être dur pour toi. Et pourquoi tu es partie au lieu de rester et de te battre.

Moi, je vais me battre.

J'ai dit à Papa et Maman que je ne savais pas ce qui allait se passer avec June, mais que je l'aimais.

Je leur ai dit que je pensais ne plus jamais pouvoir leur faire confiance.

Je leur ai dit que je ne savais pas quoi penser de Dieu.

Je crois que ça les a choqués, mais ils n'ont pas crié, ils n'ont pas hurlé, ils ne se sont même pas évanouis. Ils m'ont écoutée en grimaçant.

— Ma chérie, tu es jeune, a répondu Maman. Tu ne sais rien de l'avenir. Qui sait comment tu te sentiras dans quelques semaines ? Tu n'es pas obligée d'être comme ces personnes.

— J'aime les filles. J'aime June. Je *suis* une de ces personnes.

J'ai tapé du pied comme une gamine, avant de comprendre que ça ne jouait sûrement pas en ma faveur.

— Je suis comme ça, et je ne vais pas changer. Acceptez-moi ou pas, mais vous ne pouvez pas me chasser aussi.

On aurait dit que je venais de les gifler. Maman, qui était déjà très pâle, a eu soudain l'air d'un fantôme. Et pas les gentils fantômes de Harry Potter. Les esprits terrifiants qui te hantent, tu vois.

Ceux qui sont eux-mêmes hantés.

Ils m'ont dit qu'ils n'allaient pas me chasser.

Ensuite Papa a déclaré que j'étais trop jeune pour fréquenter quelqu'un.

Et Maman a dit que je ne devrais parler à personne de « ce que je suis ».

Je ne sais pas si j'arriverai à les faire changer d'avis. Ça me rend triste.

Mais au moins ils n'ont pas hurlé et ils ne m'ont pas enfermée à double tour.

Est-ce que c'est un progrès ?

Bisou,
Evie

P.-S. : tu leur manques aussi.

MERCREDI 14 AOÛT

Chère Cilla,

C'est l'anniversaire de June aujourd'hui. Elle a enfin douze ans, comme moi !

Je me sens coupable de ne pas lui avoir organisé une grande fête. Elle m'a assuré qu'elle ne voulait pas de fête du tout. J'ai décidé de la croire parce que je suis encore trop triste pour organiser ou même aller à une grosse fête. J'aurais l'impression que les ballons et les banderoles se moquent de moi.

Je parie que ça me mettrait en colère de voir tout le monde s'amuser. Moi-même je me sens mal de m'amuser de temps en temps. On est allées faire du vélo avec June hier et j'ai ri en dévalant Tanglewood Hill. Puis j'ai pleuré, une fois arrivée en bas.

J'ai acheté à June un gâteau au chocolat avec un glaçage à la vanille, à la pâtisserie du supermarché. Je l'ai payé avec mon argent et je leur ai demandé d'écrire JOYEUX ANNIVERSAIRE JUNE ! en lettres vertes. (Asssorties à ses cheveux.)

Ils ont écrit JOYEUX ANNIVERSAIRE JOHN ! Je te parie que c'était le pâtissier qui a fait les programmes de *La Belle et la Bête.*

On a mangé le gâteau en regardant un film d'horreur. C'était chouette.

Est-ce que j'ai le droit ?

Bisou,
Evie

P.-S. : tu me manques quand même.

DIMANCHE 18 AOÛT

Chère Cilla,

Ça me manque de ne plus croire que Papa et Maman ont toujours raison.

Ça me manque de ne plus aller à l'église par simple habitude.

Ça me manque de ne plus savoir que Dieu arrangera tout et que, s'il ne le fait pas, c'est qu'il a une raison.

Mais il n'y avait aucune bonne raison pour que tu meures.

Et Papa et Maman n'ont pas toujours raison.

Je le sais maintenant, même s'ils essayent à tout prix de me convaincre du contraire.

Bisou,
Evie

P.-S. : la vieille robe de communiante à froufrous que nous avons portée, chacune à notre tour, est toujours au grenier. J'y suis montée ce matin, elle m'a semblé si petite. Tu étais si petite à l'époque. Et moi aussi. On dirait que c'était il y a des siècles.

MARDI 20 AOÛT

Chère Cilla,

Ce soir on a regardé les albums photos que j'ai descendus du grenier. Moi qui trouvais que Maman était vieux jeu à toujours imprimer les photos de son téléphone, maintenant je suis bien contente qu'on ait des tas d'albums là-haut.

On a commencé par toi et moi quand on était petites, puis on a regardé ceux où on est plus grandes : toi qui fais du base-ball au collège, bien après que toutes les autres filles ont quitté l'équipe pour se mettre au softball.

Toi, en train d'éclater une énorme bulle de chewing-gum rose.

Toi et moi devant le château de Cendrillon à Disney World, puis toi toute seule, les pouces levés dans la queue pour le Space Mountain. (Je m'étais dégonflée, comme d'habitude.)

Toi, après la représentation de *My Fair Lady*, avec le bouquet qu'Alex t'avait offert.

Toi et Alex, avant le bal d'hiver de l'an dernier. Cette robe violette est vraiment la plus belle que j'aie vue de ma vie.

Ce jour-là, tu étais la plus belle personne que j'avais jamais vue de ma vie.

Maman a dit la même chose.

— Elle était si belle ce soir-là.

— Elle était toujours très belle, a dit Papa.

Puis il s'est produit l'impossible : Papa et Maman m'ont demandé pardon. C'est la première fois qu'ils prononcent les mots depuis que tout a commencé.

« Je suis désolé. »

« Je suis désolée. »

Ils ont pleuré. J'ai pleuré.

C'était comme si on avait ouvert une valve et que toute la fumée noire qui m'empoisonnait de l'intérieur sortait enfin de moi.

Ça fait plus d'un an que tu es partie de la maison. Ça fait presque un an que tu es morte.

Peut-être qu'il est temps que nous respirions à nouveau de l'air frais.

Bisou,
Evie

P.-S. : tu nous manques.

JEUDI 29 AOÛT

Chère Cilla,

Tu ne recevras jamais ces lettres. Je sais qu'elles resteront pour toujours dans ce carnet. Ça me fera mal chaque fois que je les regarderai, comme ça fait mal chaque fois que je les écris.

Ça fait mal parce que tu es partie. Ça fait mal parce que je ne sais toujours pas pourquoi tu ne m'as pas écrit quand tu étais chez Tante Maureen. Ça fait mal pour tout un tas de raisons.

Mais je continuerai à t'écrire. Parce que ça m'aide, et parce que c'est le seul lien qui me reste avec toi.

J'ai entendu Papa et Maman prier hier soir. Du moins, je crois. En m'approchant, j'ai compris qu'ils ne parlaient pas à Dieu. Ils te parlaient à toi, ils te racontaient ce qu'ils ont fait ces derniers temps, et à quel point tu leur manques.

Peut-être que ces lettres sont ma forme de prière à moi.

Peut-être que « tu me manques » est mon « amen ».

Bisou,
Evie

P.-S. : tu me manques.

MARDI 3 SEPTEMBRE

Chère Cilla,

J'ai fait ma rentrée en quatrième aujourd'hui. C'est bizarre cette année. Tout le monde est au courant pour toi. Ils savent que tu es tombée enceinte et que tu es morte. Ils savent que Papa et Maman m'ont menti.

Du coup, tout le monde m'évite. Soit ils pensent que je suis un genre de monstre, soit que la mort est contagieuse.

Il n'y a plus que Katie, Maggie et June qui me parlent. Ethan aussi, au déjeuner. Je me sens un peu seule. (Je sais que c'est étrange puisque j'ai évité tout le monde pendant un mois entier, mais bon.)

C'est peut-être pour ça que Maman et Papa n'ont rien dit à personne au début. Pour ta grossesse, je veux dire. Ils avaient peut-être peur qu'on les traite comme ça. Qu'on les évite ou qu'on les fuie. Qu'on ait pitié d'eux.

Ce n'est pas une excuse.

Mais c'est peut-être à cause de ça que tout a commencé. La honte, la culpabilité, la norme, les mêmes trucs pourris qui m'empêchaient d'être avec June avant. Parce qu'on est ensemble maintenant. On sort toujours ensemble, même après tous ces événements terribles.

De temps en temps elle m'offre un petit cadeau. Un nouveau stylo, un bracelet qu'elle a fabriqué. Elle sait que ce n'est pas quelques perles sur un fil qui vont réparer les choses, elle me montre seulement qu'elle tient à moi.

Elle a même été collée à cause de moi. Quand Danny Donato m'a dit que mes parents étaient des timbrés, elle s'est mise à lui hurler dessus et Mme Abbott a dû la traîner, littéralement, hors de la classe.

(Plus tard on s'est dit que, d'accord, ils sont probablement timbrés. Mais c'était pour le principe.)

On se tient par la main, aussi. Pas tout le temps, pas dans les couloirs, mais au déjeuner. Avant les cours. *Chez Tony*. On n'a pas réessayé de s'embrasser. Pas grave. Je ne crois pas que j'en aie envie tout de suite.

Mais un jour.

Parce que maintenant, ça ne me dérange plus d'aimer une fille.

Ça fait partie de moi.

Bisou,
Evie

P.-S. : tu me manques.

VENDREDI 6 SEPTEMBRE

Chère Cilla,

Papa et Maman ont invité June à dîner ce soir. Maman a préparé un super repas, comme ceux qu'elle faisait quand ils invitaient leurs amis.

Elle n'avait plus fait ça depuis que tu es morte.

Ça devient plus facile d'écrire sur ce qui s'est passé. Tu es morte. C'est arrivé. Ça ne sera jamais plus comme avant, mais c'est arrivé. Je crois que je commence à le comprendre.

Les parents vont voir un psy ensemble. Ils me forcent à en voir un aussi, et même si je proteste toujours, ce n'est pas si mal. Elle s'appelle Colleen, elle est jeune, elle a la trentaine, et elle est super sympa. Elle m'écoute et ne se fâche pas quand je parle de religion ou de mes sentiments.

Je crois que ça m'aide. Ça aide aussi Papa et Maman. Je ne sais pas de quoi ils parlent avec leur psy. Mais j'ai entendu Papa rire l'autre jour. Ils continuent d'essayer de passer du temps avec moi, ce qui me gonfle un peu, mais ce n'est pas si mal. Surtout depuis qu'ils ont arrêté de m'embêter avec l'église et June. Et qu'ils ne font plus de commentaires sur ce que je « devrais » faire.

Et qu'ils ont invité June.

Ils ont été gentils avec elle. Maman lui a posé des questions sur la comédie musicale (June compte passer les auditions pour *Shrek*) et on a parlé des décors que je vais fabriquer. Papa lui a parlé de la Californie. Ils la regardaient un peu bizarrement, comme si c'était une braqueuse de banque et qu'ils essayaient de deviner où elle avait caché le magot, mais ils ne lui ont rien dit de méchant.

On ne s'est pas tenu la main. On ne voulait pas les brusquer.

Mais peut-être que bientôt, on pourra.

Bisou,
Evie

P.-S. : tu me manques.

LUNDI 9 SEPTEMBRE

Chère Cilla,

Aujourd'hui à la chorale on a chanté une chanson de *My Fair Lady*. J'avais adoré te voir dans ce spectacle. Tu étais meilleure en Eliza Doolittle qu'Audrey Hepburn dans le film. Tu m'avais dit qu'à la distribution du casting, deux terminale t'en voulaient parce que les seconde n'étaient pas censées avoir le premier rôle.

Mais tu l'as eu.

Parce que tu avais du talent.

Et tu étais gentille, intelligente et drôle.

Un peu énervante aussi. Tu ronflais fort et tu faisais éclater ton chewing-gum tout le temps. Et tu prenais des douches hyper longues. Tu me volais mes bonbons préférés à Halloween et tu me disais que ma musique était ringarde.

Mais quand Mme Harper nous a distribué les partitions de *My Fair Lady*, je n'ai plus pensé à ces broutilles. Je ne voyais que toi, virevoltant sur la scène en rêvant d'un avenir avec Henry Higgins.

Tu avais eu une standing ovation ce soir-là. Le soir suivant aussi.

C'est comme ça que je veux me souvenir de toi : rêvant à l'avenir, pour l'éternité.

Bisou,
Evie

P.-S. : mais tu me manques toujours.

MARDI 10 SEPTEMBRE

Chère Cilla,

J'ai vu Alex cet après-midi. Je me suis assise avec lui pendant un certain temps. On n'a pas beaucoup parlé.

C'était à l'église, même si on n'est pas dimanche. Je ne suis pas retournée à la messe du dimanche avec Papa et Maman. Ils me le demandent toutes les semaines. Ils ont toujours l'air déçus mais je crois qu'ils respectent mon choix.

Je ne sais pas pourquoi, j'avais envie d'y aller aujourd'hui. Peut-être à cause du pendentif en forme d'ange que j'ai retrouvé au fond de ma boîte à bijoux, celui que Papa nous a offert à toutes les deux la fois où on a tous attrapé cette affreuse grippe. Ou peut-être parce que Katie et Maggie n'arrêtaient pas de parler de la fête où elles sont allées le week-end dernier. Quand je me sentais seule avant, aller à l'église me réconfortait.

En tout cas, j'y suis allée.

Alex se sentait peut-être seul, lui aussi, parce qu'il était là. Les mains jointes, la tête baissée. Il y avait deux bougies qui brillaient devant lui.

Des cierges.

Quand notre grand-oncle Paul est mort, Papa et Maman ont fait un don à l'église. Ils ont fait pareil quand la mère de la principale du collège est morte. Ils ont mis un peu d'argent dans la petite boîte dorée près de l'autel et ils ont allumé un cierge. Puis ils ont prié pour la personne qui était morte, pour son âme. Pour la famille qu'elle laissait derrière elle.

C'est ce qu'Alex était en train de faire pour toi. Et pour Amélie. Il n'a pas eu besoin de me le dire.

Il m'a souri. Un sourire discret mais sincère.

Je lui ai souri aussi. Puis j'ai allumé deux cierges à mon tour et je me suis agenouillée à côté de lui.

On n'a rien dit.

On a seulement prié.

C'était bien. Ça m'a réconfortée.

Je ne sais toujours pas trop quoi penser de Dieu. Mais ce qui me réconforte ne peut pas être tout à fait mauvais. Je ne suis peut-être pas obligée de pratiquer la religion à la manière de Papa et Maman.

Bisou,
Evie

P.-S. : tu manques à Alex, aussi. Je le sais.

SAMEDI 14 SEPTEMBRE

Chère Cilla,

Joyeux réveillon ! Bon d'accord, ce n'est pas vraiment le réveillon du Nouvel An, mais ce soir on fait comme si, parce que tu n'étais pas là l'an dernier pour le fêter avec nous.

Parce qu'on ne l'a pas du tout fêté l'an dernier. Donc ce soir on fait notre traditionnel réveillon du Nouvel An sur le thème de l'été... en septembre. C'est un peu différent, mais je suis sûre qu'on peut changer les traditions.

Les choses changent.

Papa a loué la piscine du Radisson Hotel. Maman y est en ce moment pour la décorer avec des guirlandes et des ballons de plage. Elle a aussi emporté des flocons de neige en papier, pour rappeler l'hiver.

On est tous allés acheter des nouveaux maillots de bain hier. Au bout du troisième magasin, on a vu un super beau bikini rouge dans la vitrine. Avec les bretelles autour du cou et une petite jupette.

— Cilla l'aurait adoré, a dit Maman.

— C'est vrai, j'ai confirmé.

Elle a serré ma main. Je l'ai laissée faire, j'ai même serré la sienne.

— On va s'amuser pour elle demain, a-t-elle continué. Cilla adorait notre fête du Nouvel An.

C'est ce qu'on va faire. June vient avec Katie et Maggie. Hannah et Emma aussi avec tes autres copines du lycée.

Papa a invité Alex quand il l'a croisé au supermarché hier. Il est allé droit sur lui et il l'a invité. J'ai cru qu'Alex allait s'évanouir. Il a murmuré qu'il ne viendrait pas. Il a dit que ça lui ferait trop mal sans toi. Je sais qu'il serait venu s'il avait pu.

Peut-être qu'un jour Amélie fera ce genre de choses avec sa nouvelle famille. Elle fêtera le réveillon du Nouvel An en été. Ou alors une fête déguisée avec des chapeaux ridicules. Ou alors ils feront un voyage à travers le pays pour aller voir le plus gros père Noël du monde. (Ça existe vraiment. Il est en Alaska, dans une ville qui s'appelle North Pole, et il pèse 400 kilos !)

Ça fait du bien de se dire qu'elle est là, quelque part, heureuse, entourée et aimée.

Bisou,
Evie

P.-S. : demain ça fera un an que tu as accouché. Un an que tu es morte. Papa et Maman n'ont pas parlé d'« anniversaire », mais je sais que c'est pour ça qu'ils organisent cette fête.
P.P.-S. : ça me rend heureuse et triste en même temps.

DIMANCHE 15 SEPTEMBRE

Chère Cilla,

Le Nouvel An estival était chouette. On a joué à la bagarre dans la piscine. J'étais sur les épaules de Hannah, et June, sur les épaules du père de Maggie. June a gagné, mais ce n'est pas juste parce que M. Taylor fait une tête de plus que Hannah. June a passé la soirée à se vanter.

On a aussi fait une bataille de bombes à eau et on s'est attiré les foudres du gérant de l'hôtel. (Dès qu'il a tourné le dos, Papa a éclaté de rire et m'a jeté une autre bombe. Il ressemblait vraiment à « l'ancien Papa », c'était trop cool.)

On a mangé des hotdogs, des hamburgers, des épis de maïs et des fraises. Puis on a préparé des sundaes à *cinq* parfums différents. Maman avait demandé au personnel si elle pouvait les entreposer dans le congélateur.

On a même dit une prière pour toi avant de manger. Ça m'a fait du bien, mais ce n'était pas suffisant. J'ai eu l'impression que tu méritais plus qu'un faux réveillon du Nouvel An. Il te fallait quelque chose de concret. Quelque chose juste pour toi. Quelque chose où on aurait parlé de ta disparition.

J'en ai ras le bol de tourner autour du pot. J'en ai ras le bol d'éviter la vérité.

Il te faut une commémoration officielle. À la seconde où j'y ai pensé, je me suis demandé comment ça se faisait que je n'y avais pas songé plus tôt. Puis je me suis souvenue que c'était parce que je n'ai fait qu'éviter le sujet de l'endroit où tu peux te trouver à présent. Où est ton corps, je veux dire. Je n'avais pas voulu y penser avant, mais soudain, j'avais absolument besoin de le savoir.

Alors j'ai demandé à Papa et Maman.

Quand ils m'ont répondu, je me suis rendu compte d'une chose. C'était nouveau, triste, et assez incroyable : c'était la première fois que je posais une question franche et qu'ils me répondaient franchement depuis un bout de temps. Peut-être depuis toujours. C'était la première fois qu'ils admettaient ce qui s'est passé. La première fois qu'ils utilisaient le mot « morte ».

J'ai posé ma question sans détour, et ils m'ont répondu avec franchise. Je ne me suis pas mise en colère et ils n'ont pas porté de jugement.

Et moi non plus, quand ils m'ont dit qu'ils t'avaient enterrée dans un cimetière près de chez Tante Maureen, au lieu d'ici où je pourrais voir ta tombe et la fleurir. Où je pourrais te rendre visite, même si j'aurais préféré te voir vivante.

Ils ont commis une erreur. Quand ça s'est produit, ils n'ont pas voulu faire leur deuil, alors ils se sont occupés de tout très vite, et ils ont essayé d'oublier.

Ça veut dire que maintenant, on te pleure encore plus.

Je peux peut-être nous aider à faire notre deuil autrement.

Bisou,
Evie.

P.-S. : tu me manques. Encore. Toujours.

DIMANCHE 29 SEPTEMBRE

Chère Cilla,

Je vais lire cette lettre pour la cérémonie à ta mémoire aujourd'hui. Je l'écris sur ma dernière feuille de papier à lettres. Je pensais que les fleurs jaunes et roses me rendraient triste, mais en fait je souris en écrivant.

On est dimanche. On n'est pas à l'église ce matin, mais le père O'Malley est là. Il va dire la messe avant la commémoration. Je ne sais pas si tu continuais à aller à l'église avant de mourir. Je ne sais pas si tu croyais toujours en Dieu. Mais Maman et Papa voulaient qu'il soit là.

Pour tout dire, moi aussi.

Maman a décoré le chemin avec des marguerites, tes fleurs préférées. Elle a dévalisé les fleuristes et les supermarchés de la ville. Et de la ville voisine, aussi, jusqu'à ce qu'elle ait plus de deux cents marguerites. Elle a acheté des tas de bocaux qu'elle a entourés de papier coloré pour mettre les fleurs dedans. Je l'ai aidée à les disposer dans l'allée. C'est joli mais très artisanal. J'espère que ça ne te dérange pas trop. Je ne crois pas.

Papa m'a acheté une boîte, tu sais, comme celles qui servent à faire des capsules temporelles. J'y ai mis tes affaires préférées : Câlin le koala et ton vieux script tout abîmé de *My Fair Lady*. Un paquet à moitié vide de tes chewing-gums préférés que j'ai trouvé dans le tiroir de ton bureau, et ton journal aussi. (Cette fois je ne l'ai pas ouvert !) *Les Penderwick*, ton livre préféré quand tu étais petite. Une couverture de bébé et tes écouteurs.

La photo d'Amélie.

J'ai laissé assez de place pour ce que je vais y mettre plus tard (par « plus tard » je veux dire maintenant, et je parle de mes lettres, pour ceux d'entre vous qui m'écoutez lire ceci).

Papa a creusé un trou sous ton arbre préféré, l'érable que tu as planté quand tu étais en primaire. Je me souviens quand tu m'as dit que c'était « ton » arbre, j'étais tellement épatée ! Tu étais Dieu. Tu avais créé la vie. Du moins, tu avais planté quelque chose dans le sol. C'était assez proche, quand j'avais trois ans.

Maintenant tu as réellement créé la vie. Tu as eu un bébé. Tu lui as donné mon nom.

Mais ce n'est pas ce qui te rend si chère à mes yeux. Tu m'es chère parce que tu es Cilla. Je pourrais énumérer des milliers de raisons pour lesquelles je t'aime. Je suis sûre que tout le monde ici pourrait en faire autant. Papa et Maman. Emma. Tous tes amis du théâtre. Alex est là aussi. Je l'ai invité et il a dit qu'il viendrait. Il a dit qu'il le devait, que lui aussi avait besoin de faire son deuil.

La liste des raisons pourrait s'étendre à l'infini et utiliserait tout le papier du monde. On pourrait parler de la fois où tu as organisé la collecte de nourriture au lycée. La fois où tu as laissé Emma acheter le dernier « pull vert trop mignon » au centre commercial parce qu'elle le voulait tellement. La fois où tu m'as appris à préparer des tacos et où on s'est déguisées en mariachis pour l'anniversaire de mariage de Papa et Maman, parce que leur premier rendez-vous avait eu lieu dans un restaurant mexicain.

Je n'ai pas besoin d'énumérer toutes les raisons. Je n'ai pas besoin de les écrire et de les enterrer avec toi. Ce ne sont pas des « raisons » qui te rendent si chère à mon cœur. Tu m'es chère parce que tu es Cilla. Je n'ai pas besoin d'une liste de raisons pour savoir pourquoi je t'aime.

T'aimer est un sentiment. C'est la chaleur qui emplit ma poitrine quand je pense à toi.

Ce n'est pas qu'un seul souvenir, c'en est un million, qui tournoient, s'entremêlent et ressemblent aux photos des galaxies dans mon livre de sciences.

Ce sentiment restera en moi pour toujours.

Ton corps est enterré. Ces lettres le seront aussi. Je vais ajouter celle-ci aux autres et les placer dans la boîte. Elles seront le mémorial que j'ai fait pour toi et c'est là que j'irai pour te parler et sentir ta présence.

J'espère parvenir à sentir ta présence. Si je n'y arrive pas, je sais que les lettres ne sont pas mon unique lien avec toi. Amélie est là, quelque part, donc une part de toi l'est aussi. Peut-être que je ne la rencontrerai jamais. Ça me rendrait triste, mais je pourrai le supporter, avec un peu de chance. Il me suffit de savoir qu'elle existe. Que j'ai une nièce et que tu l'aimais.

Même si tu avais honte, je sais que tu l'aimais. De même que si tu n'as pas répondu à mes premières lettres, je sais que tu m'aimais.

Je te pardonne de ne jamais avoir répondu.

Parce que j'ai appris de tes erreurs. J'ai appris à être fière de qui je suis. J'ai appris que j'avais le droit de grandir et de changer, d'aimer qui je veux et de penser ce que je veux.

Je ne sais pas vraiment ce que je crois ni avec qui je serai plus tard, mais je sais ce que je veux maintenant. Et je sais que j'en ai le droit.

Merci de m'avoir aidée à en arriver là.

Je ne fabriquerai pas de cartes de Saint-Valentin avec toi cette année.

Mais j'en fabriquerai quand même.

Je ne te verrai pas entrer à l'université.

Tu ne me verras pas entrer au lycée.

Mais j'y entrerai quand même.

Tu ne me verras pas en tant que maman, mais peut-être que j'aurai des enfants.

Peut-être que j'aurai une famille à moi, même si tu n'auras pas eu cette chance.

Tu n'auras pas eu l'occasion de comprendre ce qu'est ou n'est pas Dieu.

J'espère que je l'aurai.

Tu ne chanteras plus, tu ne danseras plus, tu n'aimeras ni ne détesteras plus, tu ne me taquineras plus sur tout ce que je fais d'agaçant.

Je continuerai sûrement à faire des choses agaçantes.

Les choses changeront. Les choses ont déjà changé.

Les choses continuent de changer.

Il y a une chose, pourtant, qui ne changera jamais.

Tu me manqueras toujours.

Bisou,
Evie

Remerciements

Il n'y aurait jamais eu de lettres, et encore moins de P.-S., sans mon incroyable agent, Brianne Johnson, qui est tombée amoureuse de cette histoire dès le début, qui a lu une première version modifiée alors qu'elle était *en vacances*, et m'a encouragée à élever le niveau de ce texte. À Jean Feiwel et Christine Barcellona ; je n'aurais pas pu avoir éditrices plus perspicaces, encourageantes, sensibles et brillantes. Dès le début j'ai su que vous étiez la meilleure maison pour ce livre, votre enthousiasme et votre attention ont rendu ce voyage fantastique.

Merci à toute l'équipe prodigieuse de *Feiwel and Friends*. Vous êtes si nombreux à avoir soutenu, porté aux nues et travaillé dur sur ce livre. J'ai hurlé de joie quand j'ai découvert la couverture créée par Liz Dresner et dessinée par Alice Wellinger, et Carol Ly a aidé à rendre l'intérieur tout aussi formidable. Je voue une reconnaissance éternelle à Alexei Esikoff, Kim Waymer, Veronica Ambrose, Patricia McHugh, Kiffin Steurer, Val Otarod et Erin Sui pour leur travail sur les nombreuses étapes qui ont abouti à ce livre, et j'ai tellement de chance d'avoir les merveilleuses Kelsey Marrujo et Melissa Zar comme responsables publicité et marketing.

Merci à Taylor Templeton de chez *Writers House*, pour son travail sur les premières révisions, et sa suggestion sur un point crucial de l'intrigue. Merci également à Allie Levick de toute son aide.

Un énorme câlin de gratitude à Kelly Hager, qui a lu ce livre avant que je ne commence à avoir des doutes, qui m'a encouragée à continuer, et qui a vérifié toutes les questions de représentation.

Merci à Erin Dionne, pour ses encouragements constants et sa foi en moi durant ces six dernières années. Tu as répondu à toutes mes questions, m'as conseillée sur ma carrière, et m'as aidée à trouver l'équilibre parentalité/écriture. Tu es réellement un mentor et une amie.

À Lynda Mullaly Hunt, dont la généreuse bourse pour la Whispering Pines Retreat est arrivée à un moment où j'étais sur le point de baisser les bras. Votre confiance m'a amenée à relire ce livre. Vous êtes la bonne étoile de la communauté de la littérature jeunesse.

Merci à ma collègue de critique Jenn Bishop de m'avoir aidée à grandir en tant qu'écrivain, au groupe de Nouvelle-Angleterre du SCBWI, au 2017 Debut Group et aux Electric Eighteens. Avoir un groupe d'auteurs avec qui partager ce voyage extraordinaire est bien plus drôle et beaucoup moins stressant.

Au « Twitter livresque », surtout Rachel Simon, de m'avoir aidée à me sentir légitime en tant qu'auteur, et à toute l'équipe de la Chelmsford Public Library, pour votre travail formidable pendant que j'écrivais ce livre.

Merci à la Team Unicorn : Kristi Chadwick, Rachel Keeler, Margaret Willison, Amy Conway, Jeremy Goldstein, Anna Mickelsen et Sara Marks. Depuis la fac jusqu'aux TMI Thursdays en passant par Google Buzz, vous m'avez toujours soutenue et vous avez toujours cru en moi.

Ma reconnaissance éternelle à mes TSG girls : Patricia Moore, Erin Holt, Wendy Silver, Amy Derickson, Amanda Snow, Mollie Lancaster et Nicole Thomas. Merci de m'avoir écoutée à 2 heures de l'après-midi, comme à 2 heures du matin, et d'être là pour toutes les épreuves de la vie et de la parentalité.

À mes sœurs de Traveling Anxiety : Kate Averett, Jena DiPinto et Pam Styles. Vous écoutez mes divagations et me dites que je suis super. Je ne pourrais pas m'en sortir dans la vie sans vous. Vous êtes mes phares dans la nuit.

À mes parents, Ann et Jack Clancy, et mes beaux-parents, Ann et Tom Petro-Roy, dont l'amour, la confiance, l'encouragement et les heures de baby-sitting m'ont aidée à écrire et peaufiner ce livre. Même avant d'être publiée, vous avez suffisamment cru en moi pour m'offrir ce temps. Toute ma grande famille m'a si longtemps soutenue pour que j'atteigne mon but de devenir auteure, que je n'ai eu d'autre choix que de réussir. Merci à tous.

Pour finir, le plus important, merci à mon mari, Brian, et à mes filles, Ellie et Lucy. Merci d'avoir compris que Maman devait aller écrire. Merci de m'avoir dit que vous étiez fiers de moi quand j'ai reçu mes premiers exemplaires. Merci de m'avoir donné le temps, de ne jamais m'avoir laissée baisser les bras et d'avoir toujours cru en moi. Vous êtes toute ma vie. Je vous aime.

À ceux qui ont l'impression de ne pas pouvoir révéler qui ils sont réellement, ou qui remettent l'autorité en question, je vous envoie de la force. Vous avez le droit d'aimer qui vous voulez, et d'être qui vous êtes. Vous êtes fantastiques.

P.-S. : à mes lecteurs, merci d'avoir choisi ce livre et d'avoir laissé Evie entrer dans vos cœurs.

Ouvrage composé par
PCA – 44400 REZÉ

Imprimé en France
par Normandie Roto Impression s.a.s.
61250 Lonrai
N° d'impression : 1903000
S27545/01

PKJ• www.pocketjeunesse.fr
POCKET JEUNESSE

FSC
www.fsc.org
MIXTE
Papier issu de
sources responsables
FSC® C003309

Pocket Jeunesse, une marque d'Univers Poche,
est un éditeur qui s'engage pour
la préservation de l'environnement
et qui utilise du papier fabriqué à partir
de bois provenant de forêts gérées
de manière responsable.